● 現代英米児童文学評伝叢書 6 ●
谷本誠剛／原　昌／三宅興子／吉田新一 編

Alison Uttley

● 佐久間良子 ●

KTC中央出版

(Reproduced by courtesy of the University Librarian and Director,
the John Rylands University Library,
The University of Manchester.)

現代英米児童文学評伝叢書 6

目 次

I その生涯──人と作品── …… 3

はじめに …… 4

1. 子ども時代──尽きることのない創造の源 …… 5
誕生／両親／故郷の村クロムフォードと産業革命／
キャッスル・トップ農場／弟の誕生／自然に向けられた強い独占意識／
書くことへの欲求／村の学校へ／科学への関心／
暗い森が掻き立てる想像／弟との関係／
グラマー・スクールへ──子ども時代の終わり

2. 農場を離れて …… 24
マンチェスター大学／ケンブリッジへ／教師として──ロンドンでの生活／
結婚／息子の誕生と第一次世界大戦中の辛い日々／
作家への道──高まる創作意欲／
『農場にくらして』の執筆──心の目に映るヴィジョン／
「グレイ・ラビット」と作家アリソン・アトリーの誕生／
マーガレット・テンペスト／夫ジェイムズの死／両親の死

3. 職業作家として …… 41
『農場にくらして』の出版と「グレイ・ラビット」／
創作フェアリー・テイル／「ティム・ラビット」／『時の旅人』／
「サム・ピッグ」／作家としての地位の確立／タニクリフの挿絵／
『すべてが終わったとき』／ジョンの結婚／成功した作家として
生活を楽しむ／『夢の材料』／ウォルター・デ・ラ・メアとの親交／
晩年──最後まで続く創作活動／孤独な死と息子ジョンの悲劇

4. 結び …… 58

II 作品小論 …… 61

はじめに …… 62

1. 『時の旅人』──時代を超えた愛惜の念 …… 63

2. 創作フェアリー・テイルを読み解くキーワード …… 73
「サム・ピッグ」──人、動物、自然の精との交流／クリスマスの奇跡／
樹木たち／音楽／妖精、自然の精との結婚／
「木こりの娘」──昔話の世界

III 作品鑑賞 …… 89

年表・参考文献 …… 129
索引 …… 140
あとがき …… 142

I

その生涯
── 人と作品 ──

Alison Uttley

はじめに

　アリソン・アトリー（Alison Uttley, 1884-1976）は、作家としての出発が40代半ばと遅かったにもかかわらず、その後、40数年の間に夥しい数の作品を生み出した。「グレイ・ラビット」（"Little Grey Rabbit"）シリーズ34冊を始めとして、動物を主人公にしたシリーズだけでも、「サム・ピッグ」（"Sam Pig"）9冊、「ティム・ラビット」（"Tim Rabbit"）4冊、「子ネズミきょうだい」（"Little Brown Mouse"）14冊、「こぎつねルーファス」（"Little Red Fox"）4冊という多さである。さらに100編以上のフェアリー・テイルを創作し、タイム・ファンタジー『時の旅人』（*A Traveller in Time*, 1939）も書いている 。また、自伝的な作品『農場にくらして』（*The Country Child*, 1931）やその続編『丘の上の農場』（*The Farm on the Hill*, 1941）に加えて、大人向けの小説2編、15冊のエッセイ集などがある。

　動物たちを主人公にした物語やフェアリー・テイルであれ、エッセイであれ、彼女の作品のほとんどは、イングランド中部の州、ダービシャーの丘の中腹にある小さな農場で過ごした、子ども時代の体験をもとに書かれている。アリソン・アトリーの旺盛な作家活動は、彼女が幼いころから持っていた自己表現の欲求と、子どものときの世界を呼び戻したいという強い憧憬をその原動力としている。

　評伝を書くにあたっては、『農場にくらして』と『丘の上の農場』、数々のエッセイ、そして、デニス・ジャッド（Denis Judd）による伝記（*Alison Uttley: The Life of a Country Child*, 1986. 2001年の版では、副題は"Creator of Little Grey Rabbit"と変わっている）、エリザベス・セインツベリー（Elizabeth Saintsbury）の『アリソン・アトリーの世界』（*The World of Alison Uttley*, 1980）を参照した。

1．子ども時代——尽きることのない創造の源

誕生

　アリソン・アトリー（旧姓テイラー〔Taylor〕、本名はアリス・ジェイン〔Alice Jane〕だが便宜上、最初からアリソン・アトリーとする）は1884年の12月17日、一面の雪に覆われたダービシャーの丘の上にある農場で生まれた。雪は何日も降り続き、村との交通は途絶えていたが、家のなかは暖かく、雪に降り込められる前に父親が近くの村から連れてきた産婆も待機していた。クリスマスの1週間前に大吹雪のなかで生まれ、幸運な「雪の子（snow-baby）」と呼ばれたことから、アリソンは生涯、クリスマスにたいして特別な感情を抱きつづけた。農場でのクリスマスの飾りつけや行事は回想のなかで繰り返し語られ、彼女の創作フェアリー・テイルでは、クリスマスの奇跡がたびたび描かれている。

両親

　アリソンの父親ヘンリー・テイラー（Henry Taylor, 1842-1926）は、7人きょうだいの末っ子として生まれ、地味が悪く自然環境の厳しい丘の上で彼の一族が約200年にわたって営んできた、キャッスル・トップ農場を受け継いだ。彼は学校教育を受けていたにもかかわらず、自分では字をほとんど書かず、サインも、頭文字が自分と同じ「H. T.」である、妻ハンナに代筆させるくらいだったが、誇り高く、音楽を愛する人で、コンチェルティーナを演奏した。テイラー家では、皆に楽しみを与える音楽が大事にされ、厳しい家計のなかから、アリソンと弟ハリーにそれぞれ、ピアノとヴァイオリンを習わせている。

　厳しい自然と闘いながら忍耐強く農場を守って働き、この丘の一部となったようにみえる父を、アリソンは深く愛していた。アリソンが生まれたとき、ヘンリーは42歳だった。彼の最初の妻が

結婚後まもなく死んだため、アリソンの母は、彼の2番目の妻である。

アリソンの母親ハンナ・テイラー（Hanna Taylor, 1854-1930）は、1884年の3月に、30歳でヘンリーと結婚した。結婚まえ彼女は奥様つきの小間使いとして奉公していた。そのためキャッスル・トップ農場の生活には、ハンナが小間使いとして身近に接していた上流階級の生活が反映されていて、清潔で知的な雰囲気があった。彼女はアリソンが小さいときから、読み書きや算数を教え、晩には家族のために本を朗読するのが習慣だった。その結果、アリソンは早くから、ディケンズやジョージ・エリオットの小説に接していた。またハンナは、家中をぴかぴかに磨きあげ、食事にも細かく気を配った。『農場にくらして』で主人公スーザンの母親ガーランド夫人は次のように描かれているが、これはまさにハンナ・テイラーの姿そのままであろう。

　　ガーランド夫人は忙しすぎて、宗教について教える以外にはスーザンのためにあまり時間を割けなかった。彼女は、小鳥がせっせと巣作りに励むように、家をきれいにしておくのに熱心だった。

　　Mrs. Garland was too busy to give much time to Susan, except to instruct her in religion. She was as intent on her house as a bird on its nest building.
　　　　　　　　　（*The Country Child*. Jane Nissen Books, p. 24）
　　（以下、この作品の引用には、同じテキストを使用する。）

ハンナは厳格で積極的なキリスト教徒で、毎日曜、娘を連れて、歩いて村の教会へ通い、隣人たちに宗教心を広めるのにも熱心だった。

自然のなかで働き、しっかりと大地に根を下ろしたような父親

が尊敬と憧れの対象であったのに対し、アリソンにとって母親は、つねに忙しくあまり自分をかまってくれる暇はなくても、暖かな家、豊かな食事と安全を保障してくれる存在だった。彼女の作品のひとつ『特別なウサギの冒険』(The Adventures of No Ordinary Rabbit, 1937) では、主人公の子ウサギ、ティム・ラビットが風や雹に怯えて家に逃げ帰ると、母さんウサギは家でパンやケーキを焼いている。そしてティムは、母さんウサギからそれらの自然現象についてやさしく教えられ、パンやケーキをもらって、すっかり恐怖を忘れてしまう。この母さんウサギは、幼いアリソンにとっての母親の姿を表しているといえよう。彼女は年をとってからも母親の夢を見、小さい子どもに戻って母を恋い慕っている。

故郷の村クロムフォードと産業革命

すでに書いたように、ダービシャー州はイングランド中部にあり、その半ばを占めるピーク・ディストリクト（現在は国立公園）は、イングランドの背骨といわれるペンニン山系の南端をなしている。そして、ピーク・ディストリクトの南東の端にあるのが、アリソンの故郷、クロムフォードである。位置的には、アリソンが生まれ育ったキャッスル・トップ農場はクロムフォードと隣の村ホロウェイの間にあるが、アリソンが故郷の村として描いているのは、クロムフォードである。

石灰岩の岩壁と松の森に挟まれたダーウェント川の渓谷にある、小さな村クロムフォードは、産業革命の実験の地でもあった。1771年にリチャード・アークライト (Richard Arkwright, 1732-92) が、ダーウェント川の流れを利用して水力綿糸工場を造ったからである。それ以前は、古い荷馬橋と小さな礼拝堂のまわりに田舎家が数軒あるだけの寒村だったが、このあたりの丘で鉛の採掘が行われていたため、アークライトはその労働力を利用することもできた。この鉛の採掘はローマ人の時代から行われていたものである。

アークライトが建てた工場は、窓が大きくて明るい、近代的な工場で、労働者のためのテラス・ハウスも建てられた。クロムフォードに今も残る、3階建てのテラス・ハウスからなるノース・ストリートは、1776年に建設され、ダービシャーで最初の、計画的に作られた通りである。この産業を支えるために、1794年には14マイル半離れたラングリー・ミルへの水路が作られ、1849年には鉄道がクロムフォードを通るようになった。この鉄道は1849年にアンバーゲイトとローズリー間が開通し、18年後の1867年にマンチェスターまで延長された。しかし、1967年にマンチェスターとマトロック間が廃止され、現在ダービーとマトロック間で運行されている。

　テイラー一家の住むキャッスル・トップ農場と産業革命との関わりは、農場で産する牛乳を鉄道で出荷できるようになったことだけではない。リチャード・アークライトは、ダーウェント川をはさんで石灰岩の崖に面する丘の上に、立派な邸宅ウィラーズリー・キャッスルを建てたが、この邸宅に住む彼の5代目の子孫、フレデリック・C・アークライト（Frederick C. Arkwright, 1853-1923）が、アリソンたちの住むキャッスル・トップ農場の地主だったのだ。近代的な工場や労働者の住宅を建てたリチャード・アークライトを先祖に持つこの地主は、キャッスル・トップの建物を改築し、近代的な水洗トイレを作った。電気も水道もなく、もちろん風呂場もない、丘の上の農場にこのような設備が作られたのは、狩猟の休憩地として使うためである。狩の際には、地主の館から食材がキャッスル・トップの台所へ持ち込まれ、館の料理人がそこで料理をした。そのような折にアリソンは、豊かな紳士階級の生活を垣間見ることができたのである。幼いとき、地主と狩の客たちが食事しているテーブルの下にもぐりこんでいて、犬のように引きずりだされた思い出をアトリーは語っている。（Secret Places, p.34）アークライト家の邸宅ウィラーズリー・キャッスルは現在、会議場を兼ねたホテルになっている。

キャッスル・トップ農場

　『農場にくらして』で、深い森に覆われた長い山稜の横に突き出した支脈の上にあると書かれているキャッスル・トップ農場は、南西に約700フィート下にあるダーウェント川の谷間を見下ろし、北東の方角では丘の頂に向かって、牧草地が上下に伸びている。ダーウェント川の渓谷は、ウィラーズリー・キャッスルの前などでは一部、切り立った崖となっているが、農場から見下ろす部分はなだらかに広がった景色をなし、そこに鉄道と水路が走っているのが見える。そして、その向こうにはまた、丘が見渡せる。

　『農場にくらして』に描かれているのと同じ子ども時代の思い出を一人称で綴った、『幼い日々の待ち伏せ』(*Ambush of Young Days*, 1937. 引用には挿絵入りの1950年版を使用) では、農場は次のように描写されている。

　　家は丘の天辺に、お城のように立っていて、一繋がりになった石造りの納屋や馬小屋、荷馬車小屋、牛小屋によって、強く吹き付ける冬の風から守られていた。これらの建物は、直接岩の上に建てられ、丘に突き出した岩棚の上に、砦のように、しっかりとくっついて立っていた。風からの守りとしてもっとも役立っているのは、下の斜面を覆い、建物を取り巻くように立っている、古いブナの林だった。

　　The farmhouse stood like a castle on top of the hill, secure from the great gales of winter, sheltered by its line of stone barns and stables, cartsheds and cowhouses which clung, fortress-wise, along the hill's crest, built up from the rock itself. The great protection was given by an encircling wood of old beech-trees, which covered the slopes below.
　　　　　　　　　　　　　　(*Ambush of Young Days*, p.21)

◇キャッスルトップ農場

　家は何度か建て直されていたが、ここには200年にもわたって一族の者たちが住みつづけたので、アリソンの一家は、ずっと以前にここで生活していた人々のことを非常に身近に感じ、彼らのことを、まるで生きている人のように話したという。彼らにとって、過去にこの家で暮らした人たちはすべて、家の一部として生き続けていたのである。時代を超えて変わらないように見える自然に囲まれ、一族が何世代にもわたって根を生やしてきた、農場の生活の連続性が、彼女に誇りと安心感を与えていた。

　キャッスル・トップ農場は、『農場にくらして』と『幼い日々の待ち伏せ』で、非常に詳しく描写されている。7歳で学校に通い始めるまで、ほとんど彼女の世界のすべてだった農場の暮らしを、アリソンはこれらの本で驚くほど綿密に語っている。とくに、昼は忙しい活動の場、夜には皆が集まってくつろぐ居間でもあった、広さ8畳ほどの台所については、ひとつひとつの家具、陶器、鍋にいたるまで、愛情を込めて語られている。オーク製の古い家具をはじめとして、これらのものにはそれぞれ歴史があって、それらにまつわるさまざまな話を、幼いアリソンは繰り返し聞かされた。とくに部屋の隅におかれ、長い間時を刻みつづけてきたグ

ランドファーザー・クロックにアリソンは心を惹かれたらしく、彼女は「グランドファーザー・クロック」("The Grandfather Clock")、「グランドファーザー・クロックとカッコウ時計」("The Grandfather-Clock and the Cuckoo-Clock") など、創作フェアリー・テイルにこの時計をたびたび登場させている。

　彼女にとって、育った家のすべてが、想像力を刺激するさまざまな物語に満ちた、冒険の世界だった。水が滴る音のする、ひんやりした乳酪室をアリソンは「わたしの家」("my home")、「秘密の美しい場所」("a secret lovely place") と呼んでいる (*Ambush of Young Days*, p. 8)。また彼女は、心を惹かれる絵や装飾品、ピアノのある客間、普段は使わない食堂などを探検し、部屋それぞれの、違ったにおいを楽しんだ。そして、彼女の寝室であった（冬の寒いときには、下の部屋に移ったが）農場の屋根裏部屋は、空中高く浮かんでいるようで、彼女はそこからのすばらしい眺望を楽しむことができた。

　アリソンの作品は読者の心のなかに、自然のなかで生きることにたいする憧憬を掻き立てるが、それは幼年時代を過ごした農場の生活にたいする著者の強い愛着によるところが大きい。彼女にとって、思い出の農場は永遠に緑で、鮮やかに彩られた丘の輪に囲まれているのである。

　しかし、春から夏にかけて花が咲き乱れ、秋には林檎や穀物が実り、アリソンが「豊穣の島」("an island of fruitfulness")、「小さな楽園」("a small paradise") (*The Country Child*, p.18) と呼んだ農場は、早朝の乳搾りから始まる、厳しい労働の場であった。朝食が用意されている台所は、搾ったばかりの牛乳の缶を運ぶ男たちの通り

◇キャッスルトップ農場遠景

道となり、彼らの長靴についた、牛や馬の糞のにおいが漂っていた。野原も、春に咲くブルーベルの濃厚な甘い香りや、しだのにおいとともに、動物の屍骸のにおいがした。ひと一倍敏感な嗅覚をもっていたにもかかわらず、彼女には、牛の糞や豚小屋の独特のにおいは気にならなかった。それは農場の生活のにおい、そのものだったからである。彼女は豚小屋の塀によりかかって、何時間も雌豚と子豚たちを眺めて飽きなかった。豚小屋は、農場の建物のなかでももっとも古いものである。このときの観察と豚にたいする親近感が、後年の「サム・ピッグ」シリーズにつながっている。

　また、この自然に囲まれ、食物も豊富な農場の生活は、一方では、現金がいつも不足している、厳しい生活でもあった。『農場にくらして』でも、牛乳の取り引き業者が破産して、農場の経営が危機に瀕する出来事が書かれている。丘の上までやってくる人にテイラー夫人がお茶を出して得たお茶代は、彼女の貴重なへそくりとなり、保養その他の目的でやってくる人々を泊めて現金収入を得たこともある。アリソンが奨学金を得て町の学校に通うようになったとき、ダンスの稽古やそのための靴といった余分な出費は、母親のへそくりで賄われた。このような生活の厳しさを身に染みて感じていたアリソンが後年、過度なくらいに金銭的な問題を気にかけたのは、当然のことだろう。

弟の誕生

　アリソンが3歳になるほぼ3ヶ月まえ、1887年の9月28日に、弟のウィリアム・ヘンリー（William Henry Taylor, 1887-1964)、通称ハリーが生まれた。しかし、彼女と弟は性格も違い、成長してからは、姉弟の間に親密な感情はなかったようである。農場の後継ぎと期待される弟の誕生によって、アリソンは自分が価値のない存在になったという意識を持つ。弟に取って代わられたという意識は、『幼い日々の待ち伏せ』中の次のような記述にも表れ

ている。彼女が嫌いなパンの固い皮を引き出しの中に隠していたのが、春の大掃除のときに見つかってしまったことについて書いたところである。

　…これは、私が家族の赤ちゃんで、父と母に挟まれて、背の高い椅子に座っていたときのこと、弟が私に取って代わり、私がテーブルの下手に席を移されるまえのことにちがいない。

　. . . and this must have happened when I was the baby and sat in the high chair between my father and mother, before my brother took my place and I was moved down the table.
（*Ambush of Young Days*, p. 104）

　アリソンが弟に明け渡さなくてはならなかったのは、赤ん坊用の椅子だけではない。大好きな馬に乗せてもらう楽しみも、そのひとつである。幼い彼女は、雇い人の少年、ウィリー・ミラーのあとをついてまわり、彼が馬を世話するときに発する「スススス」という音を聞くために、何を置いても駆けつけた。ウィリーが馬に水を飲ませに行くとき、または畑へ行く途中の門まで、アリソンは馬に乗せてもらうことができた。馬の背にまたがって、彼女は、馬の体臭や暖かい体、たてがみの感触にうっとりすると同時に、英国女王よりも誇らしく感じ、馬の背から下ろされると、この喜びをもっと味わいたいという、切実な願望に身を焦がすのだった。しかし、弟が馬の背に乗れるくらい大きくなると、彼女はほとんど乗せてもらえなくなる。弟の誕生によって、アリソンは両親の愛情を一人占めできなくなっただけでなく、男の子と女の子にたいする扱いの違いを認識させられたのである。

自然に向けられた強い独占意識

　弟の誕生によって生まれた疎外感は、彼女をいっそう、周りの

自然に向かわせた。彼女はそこに、自分の強い自我の満足を見出したのである。『幼い日々の待ち伏せ』のなかで、自分を取り巻く小さな世界にたいする彼女の独占意識が、次のように語られている。

> 私は地を所有する最初の人間で、世界は周りを囲む林に守られて私のまえにあった。外の世界、私たちの土地の向こうにあるいくつもの海や大陸のことなど、まったく知らなかった。私はそれらの野や畑に最初に来た人間であり、急斜面にある窪地を発見した探検者だった。（中略）その田園を私はしっかりと自分のものにしていた。
>
> I was the first to possess the earth: the world was before me in that circle of guardian woods. I had no notion of outside, the seas and continents beyond our land, I was the first-comer in those fields, the explorer who discovered the hollows in the sloping banks ... the countryside which I was making so surely my own possession.
> 　　　　　　　　　　　　（*Ambush of Young Days*, p. 105）

アリソンは、自分の周りにあるすべてのものを観察し、その本質を知ろうとする。観察の対象に同化し、その本質を吸収しようとする彼女の激しさは、次のように語られている。

> 私は落ち着きがなく、なんでも知りたがる子どもで、見るものすべてと一体化したい、その本質を吸収したい、それらのものを自分自身のなかに取り込み、それらのなかにあると私が感じた内なる意味を知りたいという、強い願望を持っていた。まるで、それらが独自の生活を営んでいて、私がそれを共有したいとでもいうように。

I was a restless inquiring child, with strong desires to identify myself with all I saw, to absorb their essence, to take things into my own self, and get at some inner meaning which I felt they had, as if they lived a life of their own which I wanted to share. (*Ambush of Young Days*, p.96)

見るものすべてを吸収し、完全に自分のものとしたいという、強い独占欲こそ、彼女の性格の大きな特徴である。このような強い独占欲は、彼女のエッセイや自伝的作品を非常に具体的で、生き生きとしたものにしている一方で、彼女の人間関係を難しいものにした。それは後に彼女の夫や息子を圧迫し、また、夫の家族との間の軋轢のみならず、自分の家族とも阻隔を生じる要因になったと考えられる。

書くことへの欲求

　書くこと、物語を作ることにたいするアリソンの欲求は、ごく小さいときから顕著だった。最初にお話を作ったのは2歳半のときで、それは「ある日、お人形さんのドリーはタムフォード（クロムフォード）に行きました」（"One day Dolly went to Tumford."）という、6語からなるものだった。（*Ambush of Young Days*, p.75）また、次の引用は4歳のときに書いた詩の一部である。

　　　　風が吹く
　　　　雄鶏が鳴く
　　　　コケコッコー
　　　　とっても朝早く。

　　　　The wind doth blow,
　　　　The cock doth crow,
　　　　Cockadoodle do,

So early in the morning.

（*The Button Box and Other Essays*, p.10）

　その後も、ネズミや雄鶏、猫や犬についてのお話を作っては皆に聞かせたが、学校へ行くようになると宿題をするのに忙しくなり、お話は作らなくなった。ときどき作っていた詩も誰にも見せなかったと、アリソンは上に引用したエッセイ「子供のときに書いたもの」（"My Early Writing"）で述べている。しかし、書くことへの欲求が彼女のなかで消えることはなかった。

　また、彼女は小さい頃に骨相見から、将来は作家になると予言されている。アリソンの父は毎年、秋の収穫が終わったあと、ダービシャーの北西、ランカシャーの海岸にある保養地、ブラックプールへ遊びに行くのを恒例としていた。ときには母も同行することがあり、弟もたびたび行ったが自分は2度か3度くらいしか連れて行ってもらわなかったと、アリソンは書いている。珍しく家族そろってブラックプールへ行ったときのこと、母親がアリソンと弟を骨相見のところへ連れて行ったのである。そのときは誰も本気にしなかったが、大人になってからアリソンは台所の引き出しのなかに、この予言が書き込まれた本をみつけ、それが実現するかもしれないという思いを心ひそかに抱いたという。

村の学校へ

　1892年の4月4日に、アリソンは7歳で学校に通い始める。学校は、長い丘と深い森で隔てられたひとつ向こうの谷にある、2マイルも離れた、リー・ボード・スクールである。『農場にくらして』で、スーザン・ガーランドは毎朝4マイルの道のりを歩いて、ダングル村の学校へ行ったと書かれ、距離は倍になっている。アリソンはエッセイでも、片道4マイルと書いており、もうひとりの伝記作者、エリザベス・セインツベリーも『アリソン・アトリーの世界』で、学校までの距離をアリソンが書いたのと同じ片

道4マイルとしているが、地図でみるかぎり2マイルほどしか離れていない。

　リー・ボード・スクールは、リー、デシック、ホロウェイの3つの村の学校で、1808年にリー村のコモン・エンドで女教師による私塾、いわゆるデイム・スクールとして始まり、アリソンの父ヘンリーもここに通った。1859年ごろ、ホロウェイに新しい学校が建てられ、1888年にはさらに改修されて、小さい子どもから大きい子どもまで通う学校となり、1956年まで続いた。今は初等学校となっている。

　『幼い日々の待ち伏せ』の記述によれば、両親は、アリソンをクロムフォード村の学校へやるか、このリー・ボード・スクールへ通わせるか、迷ったという。どちらも遠い道のりだが、クロムフォードへの道は流れの速いダーウェント川に沿っていて、危険だった。結局、校長であるアレン氏（Mr. Allen）の厳しいしつけと学識があるという評判を理由に、彼らはアリソンをより遠いリー・ボード・スクールへ通わせることにした。この選択は正しかったようで、アリソンはこの校長の厳しいけれど公正で独創的な教育について、エッセイ集『田舎の物事』（*Country Things*, 1946）に収められた、「村の校長先生」（"A Village Schoolmaster"）という1編で、誇らしげに語っている。

　『十時の登校生』（*A Ten O'clock Scholar and Other Essays*, 1970）では、学校は野原のなかにぽつんと立っていて、近くには礼拝堂がひとつあるだけだったと書かれている。他の生徒たちは近くの3つの村からきていたが、アリソンはただひとり、「暗い森」ボウ・ウッドを通る寂しい小道を辿り、スメドリーの毛織物工場を過ぎ、硫黄の臭いがする銅の精錬所の近くを通って、学校に行った。この銅精錬所の経営者は、かの有名なフローレンス・ナイチンゲール（Florence Nightingale, 1820-1910）の一族であった。スメドリーの毛織物工場は今も残っている。

　村から離れた丘の上の農場で育ち、弟以外に遊び仲間もいなか

ったアリソンにとって、同年代の大勢の子どもたちと接するのは初めての体験だった。最初の日にいくらかのいじめに遭ったが、親切な少女たちもいて、彼女はなんとか学校に馴染んでいく。7歳だが学校は初めてだったアリソンは、最初、幼児学級に入れられた。しかし、幼いときから母親に字を教わって、4歳ですでに本を読み始めていた彼女は、すぐに年上の子たちが学ぶ大きな学級に移された。そこには50人くらいの男の子や女の子がひとつの教室で学んでいて、同時に3つか4つの授業が行われていた。学校に馴染んだとはいえ、暗い森を通る長い道のりや、遅れてむちで打たれるのが嫌で、彼女は最初のうち、いろいろと口実をもうけてサボろうとするが、学校がだんだん面白くなると、それもなくなった。

科学への関心

アリソンが2歳くらいのときの思い出は、食堂の窓際で母親が彼女を抱き上げ、「きらきら星」の歌を歌いながら、冬の星空を見せたことである。アリソンの家族は、星や月に非常に興味を持っていて、アリソンはもっと大きくなると、それらがどうしてできたか、なんのためにあるのかについて、彼らからいろいろな説を聞かされることになる。このようなことも、アリソンの科学にたいする興味を刺激したのだろう。父ヘンリーは彼女に星座の名前を教えてくれた。

このように幼いころから養われていたアリソンの科学への関心は、学校へ入るといっそう強まっていく。まえに述べたように、この学校が選ばれた理由のひとつは、校長の地学の学識だった。アリソンは低学年のうちから、同じ教室で年上の子どもたちが学ぶ地学の授業に心を惹かれ、早くこの授業を受けられるようになりたいと望んだという。地学の授業は週に数回あり、屋外授業では校長に連れられ、生徒たちは石垣や岩を調べた。また、使われなくなった石切り場で、岩の断層を見ることもあった。アレン校

長が情熱を込めて教えるこの授業を、アリソンは「忘れることのできない最高の授業」("the best lessons which I never forgot")と呼んでいる（*A Ten O'clock Scholar*, p. 17）。

　校長は地学だけでなく、花や蝶について、また、月や星、宇宙について教えた。校長夫妻が農場のお茶に招かれて来たとき、アリソンは彼に、地球の年齢や、空の上に何があるかについて質問する。そして、空はただ黒い空間がずっと続いているだけで、星は天の床にあいた穴から輝き出る光ではなく、地球よりも大きな天体で、熱いガスでできているという説明を聞いて、幼い宗教心が揺らぐほどのショックを受けたという。しかし、この説明からさらに多くの疑問を抱き、それを解き明かそうと思ったのが、科学者を志したきっかけだったろうとアリソンは書いている（*A Ten O'clock Scholar*, p. 66）。

暗い森が掻き立てる想像

　学校生活を楽しむようになっても、小さな女の子にとって、寂しい森のなかを通る往復4マイルの道は大変だった。森を通るときに彼女が感じた恐怖は、『農場にくらして』の冒頭、「暗い森」("Dark Wood")で描かれている。ひと一倍想像力の発達したアリソンにとって、暗い森はさまざまな空想を生み出すところだった。

　自然の子であるアリソンは、気の荒い雄牛や暴れ馬、浮浪者、そして毒蛇さえも恐れなかった。彼女を怯えさせたのは、自分の想像力が生み出したものたちだけだった。これら空想の怪物たちは、伝説やフェアリー・テイル、聖書など、彼女が読んだり聞いたりしたものがもとになっているが、豊かな想像力から生まれたこれらの存在が彼女の心のなかで真に迫って膨らんでいったことは、容易に推測される。アリソンはこの見えない恐怖を誰にも話さなかった。秘密にしておくことによってのみ、この恐怖を遠ざけることができたのだ。『農場にくらして』のスーザンはそれらを「ものたち」("things")と呼んで、自分が怖がっていることを彼

らに知らせてはならないと、懸命に恐怖心を押さえつける。

　暗い森の恐怖については、『農場にくらして』の冒頭で語られ、エッセイ集『十時の登校生』中の表題作でも、繰り返されている。しかし後者では、この暗い森を通ることで彼女の観察力が強化されたことも書かれている。雪の上を太陽が照らす冬の日に、木々の枝についた氷や霜が美しく輝き、森はしんと静まりかえっている。そして夏の日には、蝶が彼女の周りを舞い、夜は月が、下を通る彼女を見下ろしていた。そんなとき、彼女は自然の美しさを知り、ごくあたりまえのものに魔法を見出したのである。これもアリソンの創作の原点となっている。

弟との関係

　それにしても、3歳年下の弟はどこの学校に通っていたのだろうか。『幼い日々の待ち伏せ』の「村の学校」という章には、弟はまったく出てこない。それは、『十時の登校生』に収められた同名のエッセイでも同様である。ただ、前出の「村の校長先生」というエッセイで、校長にヴァイオリンを教わっている男の子たちのなかに、先生自身の子どもたちと一緒に弟もいたと一言だけ書かれていることから、弟も同じ学校に通っていたことがやっとわかる（*Country Things*, p.78）。

　学校へ入る前のアリソンにとって、弟はただひとりの遊び相手であった。『幼い日々の待ち伏せ』には、遊びの仲間として弟に言及している箇所がいくつかある。夜、長椅子の上でカバーを被って隠れ、仕事を終えて椅子に座ろうとする父を驚かすという、彼女のお気に入りのゲームにも弟が加わるようになり、父親の長靴を脱がせる役についても弟と張り合っている。また、おもちゃの荷車に弟を乗せて引っ張ったこと、さまざまな隠れ場を作り、アメリカ・インディアンや「ロビンソン・クルーソーとフライデイ」ごっこをして遊んだこともある。エッセイ「秘密の場所」（"Secret Places"）では、雨傘で家を作り、敷布と豆の支柱でテ

ントを作っている姉弟を見て、父親が石造りの小さな小屋を造ってくれたことが書かれている。そして、同名のエッセイ集『秘密の場所』（Secret Places and Other Essays, 1972）の表紙には、その小屋の絵が描かれている。

　そのほか、子どものころの読書について書かれたいくつかのエッセイでも「私たち」（"we"）という言葉が使われていることから、彼女と弟が多くの本を一緒に読んだのは明らかである。ロバート・ルイス・スティーヴンソンの『宝島』を弟の誕生祝いに買ってほしいとアリソンが父に頼んだこと、フェアリー・テイルに興味のなかった弟もライダー・ハガードの作品は一緒に読んだことなど、弟にたいするはっきりとした言及もある。『宝島』は一緒に5回も読んだという。彼らは、台所や屋根裏部屋だけでなく、外へ本を持って出て、お使いの行き帰りや木の上など、大人に見つかって用事を言いつけられない場所で、一緒に本を読んでいる。

　しかし、『農場にくらして』では、スーザン・ガーランドはひとりっ子として描かれ、また、エッセイ「十時の登校生」においても、暗い森を歩むアリソンの傍らに弟の姿はない。彼女は、自分にとって本当に大切な体験を、自分だけのものとして語りたかったのだろうか。ここにも、アリソンの強い独占欲が表れているといえよう。

　性格の違いに加え、彼らの進む道はまったく違っていた。『農場にくらして』や『幼い日々の待ち伏せ』には、アイルランド人の出稼ぎ労働者たちによる干し草刈りの作業のエピソードが語られ、後者では、姉弟が一緒に手伝いをしているところが描かれている。農場では、誰にも仕事が割り当てられた。アリソンは4歳のときから字を書くことができたため、早くから、牛乳の出荷伝票を書くのは彼女の仕事だった。それ以外にも、使い走り、その他、手伝いはいくらもあった。しかしアリソンが5年間、暗い森を通って学校に通ったあと、町のグラマー・スクールに進学し、農場の手伝いから遠ざかっていったのにたいし、ハリーは農場の

後継ぎとして、成長するにつれて、ますます多くの労働に従事しなくてはならなかった。彼が不公平感をつのらせたとしても、それは自然なことだったろう。一方アリソンは、農場を弟が受け継いだのに不満を抱いていた。

グラマー・スクールへ──子ども時代の終わり

　1897年の9月、12歳のアリソンはダービシャー州の奨学金を得て、12マイルほど離れたベイクウェルにある、レイディ・マナーズ・スクールに入学する。この奨学生試験とグラマー・スクール入学の体験は『農場にくらして』の続編、『丘の上の農場』で、スーザン・ガーランドの物語として語られている。

　お茶に招かれた校長先生は、スーザンに奨学生の試験を受けさせることを両親に勧める。そして、知識欲に燃えるスーザンに機会を与えたいと思いながらも経済的な余裕のない両親は、それを聞いて喜ぶ。校長先生によれば、試験はスーザンにとって易しいもので、試験に受かれば、グラマー・スクールの授業料は免除され、列車通学の費用も州が払ってくれるという。列車でグラマー・スクールに通い、ラテン語やフランス語、代数、そして科学を学ぶことを考えて、スーザンは胸を躍らせる。

　しかし、5月にこの学校で行われた奨学生の試験で、スーザンは、試験場の雰囲気に当惑したのに加え、歴史の知識を書き込んだ手作りの小さなノートを取り上げられたことで、気持ちをかき乱され、試験に集中できなかった。さらに小論文の題は男の子向きの「海軍」で、スーザンはそれについて、なにも書くことを思いつかない。この結果、予想に反して、スーザンは奨学生の試験に落ちてしまう。しかし、受かった男の子のひとり、ビル・スラッターが進学を取り止めたため、次点だったスーザンが繰り上げ合格となる。奨学金を得て町の学校へ行くということは、農場との別れの始まりだった。繰り上げ合格の知らせが届いたあとスーザンは、自分の生活が変わってしまい、子ども時代が終わったと

感じて、台所の窓の向こうに見える谷や丘に向かって、「あなたたちを忘れないわ」とささやく。多少の脚色はあっても、アリソンがグラマー・スクールに入学した経緯は、ほぼこのとおりだっただろう。

グラマー・スクールの6年間、アリソンは毎朝7時に起きて朝食を食べ、牛乳の缶を運ぶ荷馬車で駅に向かった。7時50分にクロムフォードを出発した列車には、駅ごとに同じ学校に通う少年少女たちが、男女それぞれ別な指定車両に乗り込んだ。列車は清潔で、座席の赤いベルベットも新しく、冬には車掌が、彼女たちの足を暖めるための湯たんぽをもってきてくれるなど、それは快適な旅だった。アリソンたちは途中、宿題を仕上げたり、フランス語やラテン語の課題をお互いに言い合ったりして過ごした。

『丘の上の農場』では、グラマー・スクールの最初の日、スーザン・ガーランドは多少の気後れを感じ、列車で通学する田舎の奨学生に対する校長や一部の同級生による蔑視に傷つくが、化学の授業に心を奪われる。そして、ラテン語がわからなくて、宿題をしながら涙を流し、村の薬剤師に教えを乞うことも考えるが、その困難もそのうち乗り越えることができる。

この学校でアリソンは、ラテン語のほか、音楽やスポーツを含む、さまざまな分野に能力を発揮するが、とくに彼女が強い関心を抱いたのは、科学と数学だった。レイディ・マナーズ・スクールで、彼女は目覚ましい成績をあげ、数々の賞を獲得したほか、最終学年では最優秀生徒となった。そして、また州からの奨学金を得て、1903年にマンチェスター大学へ進学することになる。

◇クロムフォード駅

2. 農場を離れて

マンチェスター大学

　ジャッドの伝記には、アリソンが1903年に入学したオーウェンズ・カレッジが、その1年後の1904年に、ヴィクトリア・ユニヴァーシティー・オブ・マンチェスターと統合したと書かれている。マンチェスター大学が出している1葉のリーフレット「大学の歴史」（"History of The University"）によれば、マンチェスターの商人、ジョン・オーウェンズ（John Owens, 1790-1846）の遺贈によって1851年に設立されたオーウェンズ・カレッジが、1880年にリヴァプールのユニヴァーシティー・カレッジ、リーズのヨークシャー・カレッジと連合して、ヴィクトリア・ユニヴァーシティーとなったが、1903年にそれぞれ独立して3つの大学となったという。そのときできたのがヴィクトリア・ユニヴァーシティ・オブ・マンチェスター、すなわちマンチェスター大学である。アリソンが入学したときには、オーウェンズ・カレッジという組織がまだ残っていたということだろうか。マンチェスター大学ができるまえの連合大学、ヴィクトリア・ユニヴァーシティーは、アリソンが入学する20年前の1883年に、女子の入学を認めている。

　マンチェスター大学でアリソンは数学と物理学を学んだ。彼女は、マンチェスター大学の物理の特別コースを卒業した2番目の女性だった。これは彼女の前に、科学の学士で卒業して物理で学士を取り直した女性がいたためである。女性でなくとも、当時、物理を学ぶ学生の数は少なくて、1906年にアリソンが卒業したとき、物理の卒業生は4人だった。1909年に原子核を発見したアーネスト・ラザフォード（Ernest Rutherford、1871-1937）は、1907年にマンチェスター大学に赴任し、翌年、放射能の研究によってノーベル化学賞を受賞している。

　マンチェスター大学に在学した3年間アリソンが暮らしたアッ

シュバーン・ハウスは、1900年に設立されたばかりの、女子学生のための寮である。1903年にアリソンが入寮したとき、全部で27人の女子学生がここで暮らしていて、アリソンの他に1年生は、古典の特別コースで学ぶ学生がひとりいた。この学生、グラディス・ルウェリン（Gwladys Llewellyn）はアリソンの生涯の友となり、彼女の日記のなかに「ＧＬ」として、たびたび登場する。また、この2年後にやはり古典の特別コースで学ぶために入寮してきたのが、後にアリソンの義妹となるガートルード・アトリー（Gertrude Uttley）である。
　アッシュバーン・ハウスは現在、場所も建物も新しくなって、アッシュバーン・ホールと名を変えている。アリソンは遺書で、息子の死後、自分の印税の3分の1をアッシュバーン・ホールの学生の経済的援助に充てるように指示しており、それを受けて1984年に、アリソン・アトリー奨学金が設立された。
　生まれて初めて家を離れ、都会で生活を始めたアリソンがホームシックを感じたことは想像に難くないが、マンチェスターで教師や仲間の学生たちから受ける刺激は大きく、彼女は科学の研究に打ち込むとともに、アッシュバーン・ハウスでの生活を楽しんだ。彼女はココア・パーティその他の場で、他の学生たちと本や芸術、そして当時の女性に関わる問題を語り合った。アリソンが社会主義にたいしロマンティックな関心を抱くようになったのも、この時代である。マンチェスター大在学2年目で、彼女はアッシュバーン・ハウスの「討論と社交の夕べ」の委員となり、学生誌「イグドラシル」（*Yggdrasill*）には、その討論の様子を詠った彼女の詩が掲載されている。もともと音楽が好きだった彼女がコンサート通いを楽しむようになったのも、マンチェスターに来てからである。
　物理学における新理論の発見や推論は彼女をわくわくさせた。しかし、物理を学ぶ女子学生としてはまだ2人目だったため、必修の工学を履修するとき困難にぶつかった。機械を使う研究では

長いスカートが機械に巻き込まれる危険があったからである。当時、女性がズボンを穿くことは考えられなかった。結局、気象学を研究することで、アリソンはこの問題を解決することができた。彼女は、大気のイオン化率について論文を書いている。

ケンブリッジへ

マンチェスター大学で物理の学位を取得したあと、アリソンは教師になる勉強をすることを決める。そして、教育の理論と実践の免許状をとるために、また奨学金を得て、1906年の秋から1年間、アッシュバーン・ハウスとつながりのあったケンブリッジのレイディーズ・トレーニング・カレッジで、教育学、心理学、哲学を勉強することになる。

科学の後は英文学を学びたいという望みを持っていたことは、『野生の蜜』(*Wild Honey*, 1962)、『ボタン箱』(*The Button Box and Other Essays*, 1968) に収められた、いくつかのエッセイに書かれている。しかし、それをあきらめて、教育を学ぶために行ったケンブリッジで、彼女のなかに文学にたいする本格的な関心が目覚めたのである。毎週、ルソーの『エミール』やペスタロッチの生涯、田舎の学校や子どもの想像力など、さまざまな主題についてのレポートを提出しなければならなかったのが、きっかけとなった。初等学校やグラマー・スクールでは、独創性を抑え、字をきれいに書くことや、型にはまった文を書くことが要求された。また、グラマー・スクール時代にアリソンは、小説についての素朴なエッセイを教師に酷評されたこともあった。ところがケンブリッジでは、文法上の間違いは正されるが、書いたものがあざ笑われることはなく、逆に、褒められ、励まされた。それによって、彼女がごく幼いときから持っていた、書くことに対する強い欲求が、ここで甦ったのである。

しかしその一方で、アリソンは科学にたいする関心を失うことはなかった。彼女は科学と文学にたいする愛着は両立しないとい

う考えに反論して、「科学と文学はそれぞれ人生の一面を表すもので、手を携えて進むことができる」("Science and literature could go hand in hand, each showing one side of life.")と書いている。(*Wild Honey*, p.12) また、彼女はケンブリッジを「光の町」("a city of light")と呼び、ここで学ぶことは英語の学位を取るのと同じくらいわくわくするものだったと書いている（*The Button Box*, p.14）。

教師として――ロンドンでの生活

　１年間ケンブリッジで学んだあと、アリソンはロンドン南西部のフラムにある公立中等学校で、科学の教師として年収120ポンドを得ることになる。そこで彼女は教師としての優れた能力を発揮し、科学のほかに、英語の授業も担当するようになった。

　彼女は最初、サウスフィールドのエンガディーン・ストリートに住んだが、そこは、フラムからテムズ川を挟んで南にあり、有名なオール・イングランド・ローン・テニス・クラブのあるウィンブルドン・パークのすぐ近くである。そしてそこから、フラムより少し北東にある、チェルシーのチェイン・ロウに、そしてチェイン・ウォークに移る。チェルシーは、『時の旅人』で主人公ペネロピが家族と暮らす、ロンドンの住所として使われている。チェルシーでアリソンは、テムズ川や、近くにあるカーライルの家の庭や、チェルシー・エンバンクメントの公園の木々に、田舎と同じ自然を感じることができた。また、戸口に女性たちが売りにくる桜草やカウスリップ、そして手押し車に積まれた花々も、彼女に故郷を思い出させたことだろう。彼女にとって、チェルシーは300年まえと変わらない村のようで、ロンドンは田舎の町、公園は畑や牧草地に、そして宮殿も大きなカントリー・ハウスに見えたという。

　チェイン・ロウの家は、幽霊が出るという噂のある17世紀の建物で、彼女はそこで幽霊に会うことを期待した。『時の旅人』の

主人公ペネロピは、チェルシーの家の階段で最初に、過去の時代の女性を見掛けている。アリソンは、チェイン・ロウの家の螺旋階段で自分が会いたかった「幽霊」をここに登場させているのである。ペネロピの家には祖母のもってきた古い家具が置かれているが、このチェイン・ロウの家でアリソンも、背もたれの縦棒が紡錘形になっているヨークシャー・スピンドルバック・チェアや、オークの衣装箱その他の古い家具に囲まれ、故郷から遠く離れたロンドンでも、くつろいだ気持ちになることができた。
　ロンドンで暮らした4年の間、アリソンは博物館や美術館、オペラ、バレエに通って、首都の文化を貪欲に享受した。とくに、ニジンスキーやパブロワのロシア・バレエは彼女を魅了した。また、彼女は社会主義者の政治家、ラムゼイ・マクドナルド（Ramsay MacDonald, 1866-1937）の家に出入りし、家族の親しい友人となる。まえに書いたように、アリソンはマンチェスター時代に、社会主義に関心を持つようになっていて、マクドナルド一家との親交も、集会で知り合った人物から紹介されて始まった。しかしこの一家にたいするアリソンの関心をそそったのは、ラムゼイ・マクドナルドの妻マーガレット（Margaret）が、著名な物理学者で熱力学、電気学の先駆者であるケルヴィン卿（William Thomson, 1st Baron Kelvin, 1824-1907）の親戚だったことである。「この高名な人物の親戚に会うことは、まるで別な世紀に戻るようにわくわくすることだった」（"To meet a relation of this famous man was as exciting as if one had gone back to another century."）とアリソンは書いている（*Secret Places*, p.18）。マクドナルド一家に暖かく迎えられたアリソンは、夫妻に連れられて、社会主義の集会にたびたび参加し、多くの著名な社会主義者たちにも会った。しかし1911年に仕事を辞め、ジェイムズ・アトリー（James Uttley, 1883-1930）と結婚してロンドンを去ると、彼女の社会主義との関わりは終わった。そのすぐあとにマクドナルド夫人マーガレットが、病死した子どもの後を追うように世を去ると、アリソ

ンのマクドナルド家との付き合いも途絶えてしまった。

結婚

　アリソンはアッシュバーン・ハウス在寮中に、同じ寮のガートルード・アトリーから兄のジェイムズを紹介され、1910年に婚約した。ジェイムズはマンチェスター大学で工学を専攻していたが、文学にも強い興味を持っていた。「教育があって、進歩的、意見を率直に表明する」("well-educated, progressive and forthright")エドワード朝の「新しい男、新しい女の見本」("prototypes of the New Man and New Woman")のような（Judd, p.75）、まさにお似合いのカップルとして、アリソンとジェイムズは1911年の8月10日に、ロンドンのエシカル・チャーチで結婚した。2人の結婚のロマンティックな側面は、1908年から16年にかけてジェイムズがアリソンに捧げた、数々の詩からも伺える。

　ジェイムズの父、ジョージ・ハリー・アトリー（George Harry Uttley）は綿を扱う事業家だった。アリソンはジェイムズの家族に親近感を抱けず、ジェイムズとの交際のきっかけとなった義妹ガートルードとも、その後、疎遠になってしまう。アリソンの強い個性がその大きな要因であることは確かだろう。しかし、それだけではなく、アリソンと夫の家族との間には、大人向けの小説『ハイ・メドウズ』（*High Meadows*, 1938）に描かれているような、町の人間と田舎の人間の生活感覚の違いがあったことも、もうひとつの要因と考えられる。

　『ハイ・メドウズ』の主人公は、婚約者の母親に招かれ、しばらく彼女の家に滞在するが、農場で育った主人公と町に住む婚約者の母親とでは、生活感覚がまったく違っている。農場の豊かな食生活に慣れた主人公は、生産者側から見ると法外な値段で少しだけ卵を買う、町の生活にびっくりさせられる。一方、品物の値段を一々言い立てる彼女に、婚約者の母は眉を顰める。

　経済的な問題がアリソンとジェイムズの間で軋轢を生んだのも、

このような生活感覚の違いによるものであろう。アリソンはジェイムズからもっと節約しろと言われると、不満を述べている一方で、彼女自身ジェイムズにたいして、金が足りないことについて口うるさく文句を言っていたらしい。農場での生活に付き物だった金銭的な不安が、彼女の心から離れなかったこともあるだろう。また、他の面では倹しい生活に慣れていても、食べ物だけは豊富な環境で育ったアリソンは、食生活を切り詰めるのが下手だったということも考えられる。

息子の誕生と第一次世界大戦中の辛い日々

　1914年9月12日に息子のジョンが生まれる。ちょうどこの5週間まえに第一次世界大戦が始まっており、ジェイムズは英国陸軍工兵隊に入隊して、フランスで従軍する。そのためアリソンは、生まれたばかりの息子と2人、不安な銃後の生活を余儀なくされた。戦争中の大部分、彼らは南ウェールズの田舎家で暮らし、戦争の終わりごろには、チェシャー州にある夫の家族の家で過ごした。夫の家族と反りの合わなかったアリソンにとって、これは辛い時だった。

　その上、彼女は自分の実家とも疎遠になっていたらしい。40年以上後に出版された『農場のジョン』(John at the Old Farm, 1960)という本では、戦争のすぐ後で息子のジョンが、母及び復員した父と一緒に農場に滞在し、そこでの生活を楽しむ様子が描かれていて、アリソンと父ヘンリーとの語らいの場面もある。伝記では、ジェイムズは負傷もせずに帰ってきたと書かれているが（Judd, p. 84）、ここではジョンの父は負傷していることになっているので、この本がフィクションとして書かれていることは明らかだが、実際にアリソンがジョンを連れて農場を訪れたこともある。しかし、生まれた家はもはや、彼女にとって遠いものになっていた。両親と強い絆で結ばれていた幼いころの世界を理想化するあまり、アリソンは大人になってからの両親との関係を受け入れる

ことができなかったのかもしれない。両親が亡くなったずっと後になって彼女が思い出すのは、自分が子どもだったころの父であり、母である。

作家への道──高まる創作意欲

　戦争が終わってジェイムズが復員すると、1918年に一家はチェシャー州へもどり、ヴィクトリア朝初期に建てられたレンガ造りの家、ダウンズ・ハウスに居を定めた。彼女はここでほぼ20年暮らし、「グレイ・ラビット」シリーズ、『農場にくらして』その他、多くの作品がここで書かれることになる。

　アリソンはケンブリッジ在学中すでに、本を書きたいという思いを抱いていた。同じころケンブリッジに、すでに本を出版した女子学生がいて、アリソンは自分も本を書くことができるだろうかと考えたのだ。しかし、このころはまだ何について書いたらよいかわからず、そのための文体も見つかっていなかった。本を書きたいという思いを抱きながら、彼女は多くの本、とくに短編小説を好んで読んだが、もっとも気に入ったのは、フランスの作家アルフォンス・ドーデ（Alphonse Daudet, 1840-97）と、キャサリン・マンスフィールド（Katherine Mansfield, 1888-1923）の作品だった。とりわけ彼女がマンスフィールドに親近感を抱いたのは、チェルシーのチェイン・ウォークで、たまたま同じアパートに住んでいたことも関係している。アリソンがマンスフィールドに抱いた共感は、次の文に表れている。

　　　彼女（マンスフィールド）は、無生物にも命があることを
　　知っていた。彼女は、草が風に吹かれてお辞儀をするのや、
　　野ウサギが軽やかに踊るのを見た。彼女はバラが話すのを聞
　　き、影がささやくのを聞いた。

　　She was aware of the life of inanimate things, she saw the

grass curtsying in the wind, and the hares dancing on light feet, she heard the talk of roses, and the whisper of shadows.
(*The Button Box*, p.16)

　また、マンスフィールドが自分の子ども時代について書いているということも、彼女の意欲を刺激した。アリソンはロンドン時代に、心に浮かんだことを書きとめるのを習慣としていたが、1920年代の後半になって再び、旅先で見たことや出来事をスケッチし始めた。
　このように彼女のなかで、書くことへの欲求が強くなっていたことに加えて、マンチェスター大学の哲学教授サミュエル・アレグザンダー（Samuel Alexander, 1859-1938）との再会が、アリソンにきっかけを与えた。エッセイ集『ただで手に入る素敵なもの』（*Something for Nothing*, 1960）には、「サミュエル・アレグザンダー教授」（"Professor Samuel Alexander, O. M."）という題の1編があり、マンチェスター大学在学中から、彼女がこの「偉大な哲学者」（"great philosopher"）（*The Times*, September 14, 1938）に対して親近感を持っていたこと、執筆のきっかけとなった再会、その後、いかに彼が物心ともに彼女の支えとなったかが、語られている。1928年に、マンチェスターの南西にあるチェシャー州の町、アルトリンチャムの展覧会で偶然出会ったとき、アレグザンダー教授はアリソンのところへやってきて、「（マンチェスター）大学の学生だったでしょう」（"You were a student at the university"）、「あなたのことは覚えていますよ」（"I remember you"）と言った。そして、彼女が結婚していると聞いて、「でも、今なにを書いているのですか。最近なにか書きましたか」（"But what are you writing? Have you written anything lately?"）と尋ねたという（*Something for Nothing*, p.86）。彼はアリソンを、同姓のテイラーという他の卒業生と間違えたらしいが、もともと書きたいという気持ちがあり、主婦の生活に飽き足りなさを感じて

いたアリソンは、教授の言葉で書く決心をした。翌年、マンチェスターで開かれた美術と工芸の展覧会の開会式で、アリソンは果物の籠をアレグザンダー教授に贈っているが、後に彼女の数々の作品に挿絵をつけることになる、C. F.タニクリフ（Charles F. Tunnicliffe, 1901-1979）の絵をアリソンが初めて見たのも、この展覧会である。

『農場にくらして』の執筆──心の目に映るヴィジョン

　アリソンとジェイムズの息子ジョンは9歳で寄宿学校に入る。アレグザンダー教授の言葉で火をつけられた彼女の創作意欲は、息子の不在によってさらに高まっていく。そして彼女が書く主題はやはり、幼いころの農場での暮らしだった。ケンブリッジで書く喜びに目覚めてから、彼女は自分の子ども時代の思い出を少しずつ書き始めていた。また、ロンドンではマクドナルド家の子どもたちに、農場の生活を話して聞かせたりもしていた。そして農場にいるあいだにも、彼女は自分の思いを書きとめようとしたが、そのときはまだ機が熟していなかった。

　　私は家を去るまえに心に満ち溢れる思いを書きとめようと、故郷の家の寝室で、紙と鉛筆を持って座り込んだことがある。でも、書けなかった。望むものがあまりにも身近にありすぎたのだ。

　　Once I sat with pencil and paper in a bedroom at my old home, determined to write the feelings that flooded my mind before I went away. I could not do it. I was too near the subject of my desire. 　　　　　　　（*Wild Honey*, p.19）

　アリソンが書きとめたいと望んだ、荷馬用の古い山道、地平線

に広がるブナの森などは、心の目にヴィジョンとして映し出すことによって初めて、書き表すことが可能になった。野原の日の光や木々に吹く風などの印象を何年にもわたって書きとめていって、ある日、ダウンズ・ハウスの屋根裏の静けさに包まれて、彼女は故郷の家について書き始めた。

　私は、自分をそこに結び付けている呪縛的な魅力を忘れてしまわないうちにあの場所について書きたいという、強い思いでいっぱいになった。

　. . . I was filled with longing to write of that place before I forgot the spell that bound me to it.　　　（*Wild Honey*, 20）

彼女は幼い日々を再体験し、その生々しさに苦痛を感じるほどだった。それは一種のタイム・スリップであった。

　書いていると、私はふたたび子どもに返り、台所で暮らし、客間を覗き、森を歩き、石たちを避け、不安を抱き、こっそりと、油断なく、怯え、楽しく、そしてあの幼い日々以来、経験したことがないくらい生気に満ち溢れた。私はひとつひとつの感覚を、かつて感じたのと同じように感じた。(中略) 私は家に漂うさまざまな強いにおい、むっとするにおいや、黴のにおい、芳香など、部屋によってちがうにおいを嗅ぐことさえできた。まるでそこにいるかのように、人々の声も聞こえた。それは奇跡のようで、考えを書き綴っているとき、心に浮かんだヴィジョンの強烈さに気分が悪くなったくらいだ。

　As I wrote I became a child again, living in the kitchen, peeping in the parlour, walking in the woods and avoiding the stones, alarmed, secretive, alert, frightened, happy, and alive as I had never been since those young days. I felt each sensation as once I had experienced it. . . . I could even smell the strong odours of the house, stuffy, mildewed, scented, according to the room, and I heard voices as if I were there. It was a miracle, and I felt sick with the intensity of the vision, as I scribbled my thoughts. （*Wild Honey*. 20-21）

　そうして書き上げられたのが、『農場でくらして』の原稿である。しかし、ロンドンで教師をしていたときからの友人、リリー・マーア（Lily Meagher. 日記には「LM」として出てくる）には褒められたものの、夫ジェイムズからは酷評され、彼女はその原稿を引き出しにしまいこんでしまった。アリソンは、自分が書いたものを嘲笑されることに対し、つねにとても敏感に反応した。それは、学校時代に書いたエッセイを教師にこきおろされ、嘲笑されたことがものを書く意欲を失わせたと、彼女が述べていることからもわかる。

「グレイ・ラビット」と作家アリソン・アトリーの誕生

　しかし、彼女の創作意欲は別な形で実を結び、記念すべき『スキレルとヘアとグレイ・ラビット』（*The Squirrel, the Hare and the Little Grey Rabbit*）が、1929年にハイネマン社から出版される。ここで、本名アリスではなくアリソンという筆名が使われ、作家アリソン・アトリーが誕生した。この作品創作についてのアリソンの説明は、ケネス・グレアム（Kenneth Grahame, 1859-1932）の『楽しい川辺』（*The Wind in the Willows*, 1908）を思い出させる。グレアムは、ひとり息子アラステアが寝るまえにお話を聞かせ、その続きを、息子の旅行先に手紙で書き送っている。アリソンも息子ジョンに、家にいるときや旅行中に、散歩の道すがら、さまざまな動物たちのお話を聞かせていた。そして、彼が

寄宿学校へ行ってしまってから、「1編の物語を書いて、彼に送りたいという強い衝動」("a strong urge to write down a tale and send it to him.")(*The Button Box*, p.17)に駆られて書き上げたのが、この「グレイ・ラビット」シリーズの最初の本である。

「ずっと昔のこと、森のはずれの小さな家に、野ウサギとリスと小さな灰色ウサギが住んでいました」("A long time ago there lived in a little house on the edge of a wood, a Hare, a Squirrel, and a little Grey Rabbit.")という、昔話の語り口で始まるこの物語では、次に3匹の動物たちの性格がそれぞれの服と結びつけて、簡潔に示されている。普段は青いコート、日曜には赤いコートを着る自惚れ屋の野ウサギ、ヘアと、普段は茶色いドレスを着、日曜には黄色いドレスを着る高慢なリス、スキレルにたいして、グレイ・ラビットの質実なつつましさは、白いカラーとカフスのついた灰色の服をいつも着ていることで表されている。

ここに描かれた動物たちの暮らしは、ほぼ人間の暮らしと同じように見える。朝食前のグレイ・ラビットの仕事ぶりは、まさに農場の朝、主婦あるいは召使が働く様子を彷彿させる。そして朝ご飯は、庭から採ってきたレタス、スイカズラのジャム、そしてハリネズミが届けてくる牛乳という具合で、スイカズラのジャムというところに野の動物らしさが出ているくらいであろう。

アリソンは、この作品がビアトリクス・ポター(Beatrix Potter, 1866-1943)の作品と比べられるのをとても嫌っていたようだが、この最初の作品とポターの『ピーター・ラビットのおはなし』(*The Tale of Peter Rabbit*, 1902)との間には、かなりの類似点が見られる。ピーターがマグレガーさんの畑でレタスやニンジンを食べるのにたいし、グレイ・ラビットはわがままなヘアのために、お百姓さんの畑でニンジンを失敬し、ピーター同様、捕まりかける。また、ニンジンを自分の畑で育てる方法を教わるために彼女がフクロウに尻尾を取られるところも、ポターのリスのナトキンを連想させる。さらに、グレイ・ラビットがイタチをオーブンに

閉じ込めて殺してしまうところはまさに、『グリム童話集』の「ヘンゼルとグレーテル」のお話そのままである。違った種類の動物の共同生活もグレアムの『楽しい川辺』にすでに見られる。

しかし背景となっているのは、アリソン自身が子ども時代に身近に接した自然である。そして、グレイ・ラビットがびくびくしながら森を駆け抜ける様子、月に照らされた草や木の美しさに恐ろしさを忘れ、思わず逆立ちをしたり、飛んだり跳ねたりするところには、ウサギの特徴が見事に捉えられている。また、そこに描かれている恐怖や喜びには、アリソン自身の体験が反映されている。

わがままなヘアやスキレルにグレイ・ラビットが奴隷のように奉仕する関係は第1作で終わり、第2作以降では、3匹の動物たちはそれぞれの特徴を残しつつ、仲良く暮らし、他の動物たちも加わって、牧歌的な自然のなかでの、シリーズ独自の世界が展開される。子どものファジペッグを擁するハリネズミ一家、森の小動物たちに恐れられながらも、重要な相談相手である賢いフクロウ、独特な力を発揮するモグラのモールディー・ワープ、その他のキャラクターたちからなる、動物たちのコミュニティーを描いたこのシリーズでは、ときにはイタチに攫われたり、子どもが行方不明になったりという危機が描かれ、自然の厳しさも示されている。しかし多くの場合、グレイ・ラビットを囲む、動物たちのさまざまな楽しい集いが、作品の中心になっている。「グレイ・ラビット」シリーズは以後、40年以上にわたって書き続けられ、34冊目の『ヘアと虹』(*Hare and the Rainbow*, 1975) は、アリソンの死の前年に出版される。

マーガレット・テンペスト

第1作から29作目までの「グレイ・ラビット」シリーズに挿絵を描いたのは、マーガレット・テンペスト (Margaret Tempest, 1892-1982) である。彼女はイングランド南東部、サフォーク州の

州都イプスウィッチに生まれ、イプスウィッチおよびロンドン、ウエストミンスターの美術学校などで学んだあと、友人たちとチェルシー・イラストレイターズ・クラブ（1919-39）を結成した。このグループの作品を持って出版社をまわっていたとき、ハイネマン社から『スキレルとヘアとグレイ・ラビット』の挿絵を描く仕事を提供されたのである。1920年代から30年代にかけて、彼女は子ども部屋の壁用の飾り絵やカード用にウサギやリス、テディ・ベアの絵を描いていたので、それが編集者の目に留まったのだろう。

　アリソン自身は別な画家を推薦していたというが、このシリーズの成功がテンペストの絵に負うところが大きかったことを考えると、出版社の選択は正しかったといえる。しかし、ハイネマン社がテンペストにアリソンより高い報酬を支払ったことから、また、どちらが「グレイ・ラビット」に登場するキャラクターたちの主たる創造者かという問題をめぐって、アリソンはテンペストにたいして強い対抗意識を持ち続けた。

　テンペストは故郷のイプスウィッチを愛し、1919年から39年までロンドンに住んでいた間も、週末は戻って舟遊びを楽しんでいた。その後、イプスウィッチに帰り、1982年に90歳で没するまでここで暮らした。1951年にはインド帝国二等勲爵士、サー・グリムウッド・ミアズ（Sir Grimwood Mears）と結婚して、レイディ・ミアズとなっている。

　テンペストが挿絵を描いた子どもの本は66冊で、そのうち20冊以上は彼女自身の著作である。そのなかには、『子供のための主の祈り』（The Lord's Prayer for Children）、『子供のための信条』（A Belief for Children）などの、キリスト教関係の絵本、そして『ピンキー・マウスと風船』（Pinkie Mouse and the Baloons, 1944）他4冊と『靴屋のカーリーと妖精の靴』（Curley Cobbler and the Fairy Shoe, 1948）他4冊の、2つのシリーズがある。

夫ジェイムズの死

　ハイネマンから「グレイ・ラビット」2作目の執筆を依頼され、アリソンは1作目の終わりで予告した話、『どのようにしてグレイ・ラビットはしっぽをとりもどしたか』(*How Little Grey Rabbit Got Back Her Tail*, 1930) を書く。そして、この第2作が出版され、彼女が作家として着実に歩み始めたように見えたときに、悲劇が起こった。アリソンの夫ジェイムズが、自殺してしまったのである。

　1930年の9月18日、ジェイムズ・アトリーは、彼が橋を架ける工事に携わっていたマーシー川に入水して死んだ。47歳だった。ジェイムズはしばしば鬱状態になることがあり、このときも普通でない精神状態だったことが、現場の労働者や親戚の医師の証言で明らかにされている。息子ジョンが生まれる直前に勤め先を辞めたことも、彼が精神不安定な人間であったことを示す事実として、ジャッドの伝記で指摘されている。多くの興味を共有し、愛し合っていたとはいえ、個性の強いアリソンとの結婚は、彼の精神を安定させるには程遠かったことだろう。ジェイムズの甥によれば、アリソンは金銭上のことで、彼に口うるさく文句を言っていたという。

両親の死

　アリソンの父ヘンリー・テイラーはこの4年まえの1926年3月に、キャッスル・トップで世を去っているが、母ハンナはジェイムズ・アトリーより5日まえの1930年9月13日に、マトロックのアームズハウス (almshouse) で没した。アームズハウスというと、貧しい老人が収容される救貧院というイメージがあるが、必ずしもそうとはかぎらないように思える。例えばクロムフォードに残るアームズハウスは、ウィラーズリー・キャッスルを遠望する日当たりのよい丘の上にある、小ぢんまりとした平屋で、17世紀に、ある貴婦人の遺志によって、伴侶を亡くした貧しく年老い

た男女6人の住居として建てられたものである。アンソニー・トロロプ（Anthony Trollope, 1815-82）の『養老院長』（*The Warden*, 1855）に描かれている養老院も、それを管理する教会の有力者たちの推薦で入居した、貧しいながらも特権的な12人の老人たちが住む施設である。イギリス人はアームズハウスにたいしてロマンティックな郷愁を抱いていて、新しく建てられる現代的な養老院にもアームズハウスという名が付けられることがあるという。それゆえ、アームズハウスで死んだからといって、必ずしもアリソンの母が見捨てられた哀れな死に方をしたと考える必要はないかもしれない。しかし、アリソンの日記に両親の死についての言及がないということからも、晩年の両親と彼女の関係がかなり疎遠なものであったことが推測される。

3．職業作家として

『農場にくらして』の出版と「グレイ・ラビット」

　夫の死後、アリソンは自分と息子の生活を支えるべく、本格的な執筆活動を始める。翌年の1931年に『農場にくらして』がフェイバー社から出版され、好評を博したことは、彼女にとって幸先のよいスタートだった。アリソンはこの原稿をいくつかの出版社に送り、最後にフェイバー社によって受け入れられたのである。主人公の名をスーザン・ガーランドにしたのをはじめ、固有名詞は変えられているが、この作品はアリソンの子ども時代をほぼそのまま再現したものである。そこには、彼女が生まれ育った古い農家とそこでの暮らしが、詳細に、愛情を込めて描かれている。この作品が好評をもって迎えられたことは彼女に自信を与え、その後、彼女は数々のエッセイや小説を通じて、自然に囲まれた自分の子ども時代を再現し続けることになる。ジェイムズの死はアリソンにとって大きな打撃だったが、彼女はもはや夫の批判を恐れることなく、作品を発表することができるようになったのである。

　子ども向けの「グレイ・ラビット」シリーズと自伝的な『農場にくらして』で作家として順調な出発をしたように見えるアリソンであったが、軌道に乗るまでは、せっせと書いた多くの作品が出版社から拒絶されたり、雑誌への掲載を断られたりと、まだ、さまざまな困難を経験しなくてはならなかった。この時期の経済的な困難は、彼女が下宿人を置いたり、宝飾品を売ったばかりでなく、1933年の12月に個人教授の広告を出していることからも推察できる。そんな彼女をほっとさせたのは、息子のジョンが奨学金を得て、1933年にケンブリッジに進学したことである。

　後にあれほど長い人気を保つことになる「グレイ・ラビット」も、最初の4冊はあまり注目されず、ハイネマン社はこのシリー

ズを打ち切ることにする。しかし1933年に、コリンズ社が5作目からこのシリーズを引き継ぐことになり、1934年には『スキレル、スケートに行く』(Squirrel Goes Skating) が出版された。状況はこの辺りから好転し始める。1934年8月以降にBBCが「グレイ・ラビット」の最初の4編を放送したことも影響しているだろう。1935年から36年にかけてさらに2冊の「グレイ・ラビット」が出版されているが、どれも好評で、1936年の10月には、1ヶ月にほぼ1000冊の「グレイ・ラビット」が売れるようになっている。さらに最初の4冊も、スウェーデン語とスペイン語に翻訳された。BBCは「グレイ・ラビット」に続いて、1935年には数編のフェアリー・テイルを、そして1936年には、まだ本として出版されていなかった「ティム・ラビット」の物語、5編を放送している。

創作フェアリー・テイル

　アリソンは『農場にくらして』を出版したフェイバー社から、1932年に最初の創作フェアリー・テイル集『月光と魔法』(Moonshine and Magic) を出し、これも好評だった。この本には28編の物語が収められているが、そのうち4編はすでに雑誌に掲載されていることが、謝辞からわかる。この後アリソンは、「グレイ・ラビット」その他のシリーズと並んで、数多くの創作フェアリー・テイルを書き、それらはほとんどすべて、フェイバー社から出版されている。1936年には、ナーサリー・ライムをもとにした20編のお話からなる『夜語り』(Candlelight Tales)、そして1938年には、3冊目のフェアリー・テイル集『カラシとコショウと塩』(Mustard, Pepper, and Salt) が出版された。この本には「西風のくれた鍵」("The Keys of the Trees") など、21編が収められている。

　これらのフェアリー・テイルには、古くからの伝承や物語をもとにしたものが多い。また、自然のなかに魔法を見るというのも、もともと妖精や魔法は自然のなかの驚異を表したものと考えられ

るので、アリソン独自のものとは言えないだろう。しかし彼女は、どんな不思議な物語においても、季節の花や草、動物たちの習性を正確に描き込み、物語に真実味を添えている。執拗なまでに対象の本質に迫ろうとした子どものときの自然観察と豊かな想像力が、アリソン・アトリーのフェアリー・テイルを作り上げているのである。またアリソンは、クロムフォードの周辺でローマ人が鉛の採掘を行っていたことから、彼らにたいして親近感を抱き、彼女のフェアリー・テイルには、ローマ人の遺物と結びついた魔法がたびたび登場する。『スパイス売りの籠』（The Spice Woman's Basket and Other Tales, 1944）に収められた「鋳かけ屋の宝もの」（"The Tinker's Treasure."『月光と魔法』初出）、『ジョン・バーリコーン』（John Barleycorn:Twelve Tales of Fairy and Magic, 1948）のなかの「メリー・ゴー・ラウンド」（"The Merry-Go-Round"）などがその例である。

「ティム・ラビット」

　1937年には、「グレイ・ラビット」に続いて動物を主人公にした物語の本が、フェイバー社から出版された。やんちゃな子ウサギ、ティムを主人公とした『特別なウサギの冒険』（The Adventures of No Ordinary Rabbit）である。この作品は1933年にコリンズ社を含むいくつもの出版社から断られ、ようやく4年後に出版されたものである。

　主人公のティム・ラビットは、「グレイ・ラビット」シリーズに登場するハリネズミの坊やファジペッグのように、母親と父親に護られた幼い子どもである。第1話で彼は、風や雹、雷のような自然現象や、敵である犬のことも知らない、本当に幼く、あどけない子ウサギとして描かれているが、それに続くお話では次第に、彼の強い好奇心や、やんちゃな性格が顕著になってくる。ティム・ラビットの代名詞ともなり、シリーズ1冊目のタイトルにも使われている「特別なウサギ」（"no ordinary rabbit"）という言葉

は、「ティム・ラビット、王子になる」("How Tim Rabbit Became a Prince")で、最初に使われている。ベッドに紛れ込んだパン屑のせいで眠れなかったティムは、アンデルセンの「えんどう豆の上に寝たお姫さま」のウサギ版を母親から聞かされて、自分は王子様だと思い込み、母親ウサギに「おまえは普通の原っぱの普通の小さな家に住む普通の子ウサギにすぎないのよ、ティム」("You are only an ordinary little rabbit, Tim, living in an ordinary little house, on an ordinary common")と言い聞かされる(*The Adventures of No Ordinary Rabbit*, p.63)。しかし、罠にかかったおばさんウサギを助けて帰ったティムに母ウサギは、「あなたはもうウサギの王子さまよ。普通のウサギなんかじゃないわ」と言う("You are a Prince of Rabbits, now," said she, "and no ordinary rabbit at all.")(p.69)。

　この「普通ではない(特別な)ウサギ」という言葉に表されるように、普通のウサギならやらないような新しい試みに敢然と挑戦する積極性が、ティム・ラビットの特徴である。また、頭の回転も速く、ティムの物語には、彼が即興で作る歌がしばしば登場する。アリソンは、「グレイ・ラビット」とは違った、新しい、魅力的な主人公を作り出したのである。ティム・ラビットを主人公にした本は、ほかに4冊、出版されているが、そのうち『ティム・ラビットの十のお話』(*Ten Tales of Tim Rabbit*, 1941)は、『特別なウサギの冒険』から選んだ10編を収めたものである。ティム・ラビットの話は全部で57編ある。

　1937年に出されたエッセイ集『幼い日々の待ち伏せ』は、『農場にくらして』と重なる部分が多く、実際のアリソンの子ども時代を知る上で、フィクションとして書かれた『農場にくらして』を補う、貴重な資料となっている。『農場にくらして』では消されてしまった弟もここではたびたび言及されている。エッセイ集はこの後、さらに14冊出版され、子ども向けの物語と並んで、アリソンの創作活動のもうひとつの柱となる。

1938年には初めての小説『ハイ・メドウズ』が出版されたが、これも、名前を変えたキャッスル・トップ農場を舞台としている。主人公は3人姉妹の長女で、3人の男に愛される魅力的な娘である。彼女は、ジプシー的な野生の魅力をもつジェム・クロスランドに惹かれつつ反発し、農場の雇い人で実直なゲイブリエルの愛には気付きもしない。そして、都会からやってきた中産階級出身の学校教師と婚約するが、町に住む彼の母親をしばらく訪問したあと、彼女は農場に戻り、婚約は破棄される。結局、自分の生きる場所は生まれ育った農場しかないと悟った彼女は、ジェムの愛を受け入れる。若い娘の揺れ動く心が農場の暮らしを背景に描かれており、アリソンの分身である主人公が町の男と結婚せずに農場に戻ってくるところは、作者の実生活とは反対で興味深いが、ジェム・クロスランドと主人公を結婚させて物語を結末に導くために、野生的な若者の性格が途中から変わってしまっている。この作品の評判はあまり良くなかった。しかし、同じ年に出版されたフェアリー・テイル集、『カラシとコショウと塩』は好評だった。

『時の旅人』

1938年9月に、彼女はバッキンガムシャーのビーコンズフィールドに引っ越す。アリソンはこの家にサッカーズ（Thackers）という名をつけるが、これは彼女の最高傑作、『時の旅人』の舞台となる家の名である。最初は作品の題名も仮に『サッカーズ』となっていた。しかし、『サッカーズの秘密』（*The Secret of Thackers*) という題でコリンズ社に送られた原稿は、求めに応じて書き直したにもかかわらず、引っ越した年の10月、コリンズ社に拒絶されてしまった。結局、この作品は翌年の1939年に、『時の旅人』という題でフェイバー社から出版された。

スコットランド女王、メアリー・ステュアートを助けようとして自らも処刑されたアンソニー・バビントンの屋敷は、キャッス

ル・トップ農場から近いデシックにあった。それがアリソンに着想を与えている。キャッスル・トップ農場がエリザベス一世の時代から続いていたことも、彼女がこの時代に関心を寄せるひとつの要因だったろう。また、過去の時間への旅は、彼女が見た夢をもとにしているという。アリソンはそれについて、作品の序文や『夢の材料』（The Stuff of Dreams, 1953）のなかで説明している。

　この作品の評判はとても良く、アリソンは雑誌、新聞の書評のほかに、作家や批評家たちからも賛辞の手紙を受け取った。なかでも J. B. プリーストリー（J. B. Priestley, 1894-1984）は、彼女の作品をフェルメールの絵に喩えている。

「サム・ピッグ」

　子どもたちに大きな人気を博する「サム・ピッグ」シリーズの最初の本、『四匹の子ブタとアナグマのブロック』（Tales of the Four Pigs and Brock the Badger）も、同じ1939年に出版されている。このシリーズはその後ながく書き続けられ、アリソンの代表作のひとつとなる。

　サム・ピッグも、ティム・ラビットと同様、やんちゃな男の子というイメージだが、ティムがひとりっ子であるのに対し、サムにはトムとビルという兄と姉のアンがいる。そして両親はいないが、アナグマのブロックが4匹の子ブタの親代わりとなっている。この兄や姉、アナグマのブロックとの関係から生まれる社会性が、サム・ピッグの特徴である。頭の回転が速く、少々生意気で、無鉄砲なティムと比べると、サムの方は、少しおっとりした感じで、ときどき言うことを聞かず、悪戯もする、ごく普通の男の子である。サムの社会性は、あちこちへ出かけてさまざまな友人をつくるところにも発揮される。そのなかには、農夫のグリーンスリーブズさんや、大きな屋敷で働くアイルランド人の料理番もいる。これは、ブタという動物が人間の生活に近い存在であることの表れであろう。もともとサム・ピッグは、キャッスル・トップ農場

のブタ小屋で元気よく駆け回る子ブタたちがもとになって生まれたというのだから、なおさらである。

　「グレイ・ラビット」と同様、このシリーズでも、異なる動物が家族的な関係を結んでいる。子ブタたちの保護者、アナグマのブロックは、森のなかの自分の家にいることが多く、いつも彼らと一緒にいるわけではない。しかしブロックの存在は彼らに安心感を与え、また、森の住人である彼のおかげで、子ブタたちはさまざまな自然の魔法を経験することができる。この重要な登場人物、アナグマのブロック創造のインスピレーションをアリソンに与えたのは、キャサリン・ウィグルズワース（Katherine Wigglesworth）である。彼女はビーコンズフィールドにおけるアリソンの新しい友人で、1939年のはじめに、近くに引っ越してきた作家、アリソン・アトリーを彼女が訪問して以来、家族ぐるみの親しい付き合いが始まった。アリソンの気難しさから、しばらく疎遠になったこともあるが、ウィグルズワースは後に「グレイ・ラビット」の最後の数冊や「こぎつねルーファス」など、アリソンの作品に挿絵を描くことになる。

　ところで、アリソンが居を定めたビーコンズフィールドには、人気の高い子どもの本の作者、イーニッド・ブライトン（Enid Blyton, 1897-1968）も住んでいた。2人が顔を合わせることもあったが、ブライトンにたいするアリソンの態度はまったく好意的とはいえないものである。強いライバル意識もアリソンの特徴のひとつである。

　アリソンがビーコンズフィールドに移った翌年の1939年に、第二次世界大戦が始まり、12月の末には息子のジョンが、召集を受けて出征する。アリソンは夫と息子の両方を、2つの大戦に送り出さなくてはならなかったのである。戦争中もアリソンは精力的に執筆を続け、1939年から41年にかけて、『農場にくらして』の続編『丘の上の農場』を含む、11冊の本を出版している。ただし、これらの本のうち、『四匹の子ブタの六つのお話』（*Six Tales of* the Four Pigs, 1941）などの「サム・ピッグ」本3冊は、すでに出版された物語に1編だけ新しい話を加えたり、すべて出版済みのものから構成されている。

作家としての地位の確立

　この頃には、アリソンの仕事は完全に軌道に乗り、作家としての地歩は確立されたと考えてよいだろう。パフィン・ブックスの初代編集者で彼女の友人であったエリナー・グレアム（Eleanor Graham）は、1941年に「アリソン・アトリー：評価」（"Alison Uttley: An Appreciation"）と題する評論を書いて、「グレイ・ラビット」、『農場にくらして』とその続編、フェアリー・テイルという、3つの分野にわたる彼女の作品をすべて、高く評価している（「ジュニア・ブックシェルフ」〔Junior Bookshelf〕December, 1941）。そして同じ年の「タイムズ・エデュケイショナル・サプリメント」（The Times Educational Supplement）のクリスマス特集号では、「アリソン・アトリーのお話が何編かなくては、クリスマスとは言えない」（"It would not be Christmas without some tales by Alison Uttley."）とまで書かれている（Judd, p.170）。また、「サム・ピッグ」の物語はどれも好評だった。

　こうして人気作家となったアリソンは、出版社に対しても強い態度がとれるようになった。1940年に『サム・ピッグの冒険』（The Adventures of Sam Pig）の契約で、フェイバー社が提示した条件に不満を持った彼女が、商売敵のウィリアム・コリンズに相談に行ったことも、その表れであろう。

　第二次世界大戦中は、平時よりも本がよく売れた。アリソンは1942年から45年にかけて、「グレイ・ラビット」5冊、「サム・ピッグ」2冊、「ティム・ラビット」1冊を含む、16冊の本を出版している。このなかには、フェアリー・テイル集も5冊入っているが、『スパイス売りの籠』や『月光の物語集』（Some Moonshine Tales, 1945）など、以前に出た本から物語を集めたものもいくつ

かある。このような大量の出版により、アリソンの財政状態は豊かになっていく。この時期、彼女のなかから物語が溢れるように生み出され、「ジュニア・ブックシェルフ」その他の雑誌に掲載された。1944年の秋以降はタイピストを雇うようになったことも、この大量生産を可能にした。

タニクリフの挿絵

　農場の思い出を綴った2冊目のエッセイ集『田舎の宝庫』（Country Hoard）は1943年に発表されたが、非常な好評を博した。1冊目の『幼い日々の待ち伏せ』と比べ、かなり薄い本で、12編のエッセイを収めている。この読み易さと、田園生活を描いた内容が戦争で疲れきった人々の心を惹きつけたことも、この好評の要因であろう。しかし、このとき初めて付けられたC. F. タニクリフの挿絵が、このエッセイ集に大きな魅力を付け加えたことは確かである。

　タニクリフは、アリソンと同じように農場で育ち、農場の生活を知悉していた。彼はイングランド南西部、チェシャー州の、小さな農場の息子だったが、王立美術院の奨学金を得てロンドンで学び、エッチングや木版画で頭角をあらわした。1932年に、ヘンリー・ウィリアムソン（Henry Williamson, 1895-1977）の『かわうそタルカ』（Tarka the Otter, 1927）に付けた挿絵で成功を収めて以来、多くの本の挿絵を手掛けている。また彼は野生動物、とくに鳥の研究に力を注いだ。挿絵以外にも、主として自分の少年時代、青年時代にたいする郷愁を込めて描いた『僕の田園帳』（My Country Book, 1942）や、『ショアランズの夏日記』（Shorelands Summer Diary, 1952）等の著書もある。

　タニクリフはアリソンにとって、まさにこれ以上ないほどぴったりの挿絵画家だったといえるだろう。彼の挿絵では、アリソンが語っている農場の生活、家具や道具が正確に再現されていて、エッセイの魅力を増している。アリソンの作品に付けられた彼の

挿絵は、厚紙または板に白粘土を塗り、その上に黒インクの膜を被せたものを特殊な道具で引っ掻く、スクレイパー・ボードという手法によるものである。『田舎の宝庫』の後、タニクリフはアリソンのエッセイ集すべての挿絵を手掛け、初版では挿絵がなかった『農場にくらして』と『丘の上の農場』、『幼い日々の待ち伏せ』も、それぞれ1945年と49年、50年に挿絵付きの版が出版された。

『すべてが終わったとき』

　1945年には、2冊目の小説『すべてが終わったとき』（*When All Is Done*, 1945）を出版している。これも、1938年に出版された『ハイ・メドウズ』と同様、農場で育った娘を主人公にしている。アメリカで死んだ農場の娘の遺児であるヴァージニアは、伯父の一家に引き取られ、古い農家と一体化したような祖母に護られて育つ。興味深いのは、高等教育を受けさせようという祖母の申し出を彼女が断ることである。そして代わりに近くの町の夜学に通うが、それも2年目の途中で、学校からの帰り道に得体の知れない恐怖に襲われて、止めてしまう。余分な教育を受けることで農場の暮らしから遠ざかる危険を感じとったのであろう。それでも彼女は、町から来た技師と結婚して農場を出るが、夫が事故死したため、息子を連れて農場へ帰ってくる。そして、彼女をずっと愛していた従兄と結婚して、祖母と同様に、死ぬまで農場で暮らし、その家の歴史の一部となるのである。それは作者自身の願望でもあった。アリソンは、生まれ育った農場の永続性に誇りを持ち、自分もその一部となることに強い憧れを抱いていた。

　しかし、実際のキャッスル・トップ農場はすでに失われていた。父と共同で地主から農場を買い取った弟ハリーは、1934年にキャッスル・トップを離れ、ランカシャーのセント・アンズに移り住み、41年には農場を売却してしまっていたからである。アリソンとキャッスル・トップ農場の絆は、彼女の心のなか、作品のなか

にだけ残ることとなった。

ジョンの結婚

　彼女と息子ジョンとの関係は非常に密接で、とくに夫ジェイムズの死後、ジョンはアリソンにとって、愛情を注ぐ相手としてなくてはならない存在となった。ジェイムズが死んだとき、ジョンはパブリック・スクールに在学中で、1933年にはケンブリッジに入学している。ジョンと離れて暮らす寂しさをアリソンはたびたび日記のなかで嘆いている。当然、1942年にジョンがドロシー・パーカー（Dorothy Parker）と婚約したときのショックは大きかった。結局、この結婚は式の当日になって取り止めとなり、ジョンは新婚旅行へいくはずだったスコットランドへ、友人と一緒に母を連れて出かけている。ジョンの方も、母親との絆を切ることができなかったのであろう。その後、前線に派遣されたジョンはイタリア侵攻で負傷し、捕虜となって、母親を心配させる。結局その4年後にジョンは、以前に思いを寄せていた相手で、未亡人となっていた、ヘレン・ペイン（Helen Paine）と婚約し、翌1947年4月に結婚する。ヘレンはアリソンに劣らぬ強い力でジョンを支配し、息子夫婦とアリソンの関係は緊張を孕んだものでありつづける。

成功した作家として

　アトリーが精力的に生み出したたくさんの本は、よい売れ行きを示し、彼女に多くの印税をもたらした。第二次大戦後の1948年には、『ジョン・バーリコーン』など、4冊の本を出している。1950年には、子ネズミの兄妹、スナッグとセリーナを主人公とした「子ネズミきょうだい」シリーズを新たにハイネマン社から出版し始めるが、このシリーズは1957年までに12冊が出版され、その後さらに2冊が加わった。同じ動物ものでも、主人公の子ネズミを兄と妹とし、彼らの家を、森や野原に住むほかの生き物たち

との交流の場となる宿屋としたことなどは、アリソンの着想の豊かさを示している。「子ネズミきょうだい」シリーズの挿絵は、アトリーの推薦により、友人のキャサリン・ウィグルズワースが担当した。また1950年には、アン・ホガース（Anne Hogarth）によって「グレイ・ラビット」シリーズを人形劇にすることが提案され、グレイ・ラビットは初めてテレビに登場することになる。

　「子ネズミきょうだい」シリーズに続く、もうひとつの動物シリーズの1冊目、『こぎつねルーファスとわるいおじさん』（*Little Red Fox and the Wicked Uncle*）も、ハイネマン社から1954年に出版された。キツネはアリソンの作品でも、いつも悪役として登場しているが、ここではキツネの孤児ルーファスがアナグマ一家に拾われて養子になるという、また一風変わった設定である。アナグマの子どもたちとキツネの子の対比も面白く、可愛い物語になっている。一方、森に住むルーファスの「わるいおじさん」が登場することで、悪いキツネのイメージも健在である。このシリーズの挿絵もキャサリン・ウィグルズワースが描いている。ルーファスのシリーズは全部で5作出版されたが、3作目の『こぎつねルーファスと魔法の月』（*Little Red Fox and the Magic Moon*, 1958）は大好評だった。

　アリソンの作家活動のなかで少し変わった仕事として、1944年にロバート・ヘイル社から依頼された地方史『バッキンガムシャー』（*Buckinghamshire*）がある。この本は多くの調査をして書き上げられ、1950年にやっと出版されたが、出版後6ヶ月で3000冊と、売れ行きは不振だった。

生活を楽しむ

　創作以外のこととしては、1945年に彼女は車を買い、ジョンにあちこちへ連れて行ってもらったが、48年には63歳で運転免許を取得した。これはアリソンの積極性と行動力を表すものである。車を持つことで彼女の行動範囲は広がった。彼女は自分でも運転

を楽しんだが、非常勤の運転手を雇って、車の手入れや遠距離の運転を任せた。1956年には新しい車モリス・マイナーを買い、1971年の11月には86歳で運転免許の更新テストに合格している。

そして1947年には初めて、ロンドンで年に1回開かれるチェルシー・フラワー・ショーに行き、それからは毎年訪れるようになるなど、生活を楽しんでいる。また、ヤン・ブリューゲル、アンブローズ・ブリューゲルなどの高価な絵を次々に購入し、豊かな印税による贅沢も享受している。

『夢の材料』

アリソンは子どものころからよく夢を見、夢にたいして強い興味を持っていた。大学時代には同じ寮の哲学の学生に夢について相談してみたこともあり、夢に関する本もいろいろ読んでいる。彼女の夢の多くは、その旺盛な想像力によって説明できるかもしれないが、マンチェスター大学時代に、知り合いのクリケット選手が落第することや、翌日の実験について、あるいは卒業試験の問題など、後で本当になる予知夢も見たという。

1932年に日記をつけ始めたときから、彼女は夢を記録するようになり、1953年に自分の見た夢を集めて出版したのが、『夢の材料』である。冒頭の「夢と眠り」("Dreams and Sleep")では、いかにも科学者らしい態度で、彼女が夢を見るとき及び夢のなかでの状況が詳しく説明されている。彼女の見た夢は10の分野に分類されているが、そのなかでも、「フェアリー・テイルの夢」("Fairy-Tale Dreams")、「夢の旅」("Dream Journeys")、「時間の旅（"Time Dreams"）、「夢で見た家」("Dream Houses")などは、とくに興味深いものである。「フェアリー・テイルの夢」では彼女の創作の一端に触れることができるし、「夢の旅」の章に収められた「時空の旅」("Journeys in Space and Time")は『時の旅人』との関連で興味を惹くが、「時間の旅」の章には作品にもっと直接つながる、「時の旅人」と題した夢も入っている。

「夢で見た家」の章には、ウォルター・デ・ラ・メア（Walter de la Mare, 1873-1956）の訪問を受けた夢（"The Poet's Visit"）が含まれている。そのなかで、場面は彼女の子ども時代の農場になり、父と母も登場する。

ウォルター・デ・ラ・メアとの親交

アリソンは、1912年に出版された彼の詩集中の表題作「聴く者たち」（"Listeners"）を読んで以来、ウォルター・デ・ラ・メアのファンで、第一次世界大戦中は、家の壁に彼の詩「アラビア」（"Arabia"）を貼って、息子のジョンとともに歌っていたという。アリソンが彼に初めて会ったのは1937年11月で、「サンデー・タイムズ」紙（The Sunday Times）の本の展示会においてだった。第二次世界大戦中、デ・ラ・メアは、アトリーの住むビーコンズフィールドに近いペン村の娘のところに身を寄せていて、1940年の10月にアリソンは初めて彼を訪問した。それ以来アリソンは、ロンドン郊外のトウィックナムにある彼の家をたびたび訪れ、手紙を交換する、親しい友人となる。

デ・ラ・メアも夢についての本を出しており、神秘的な事柄にも興味を持っていて、アリソンとデ・ラ・メアは多くの関心を共有していた。アリソンによれば、彼らは記憶、夢、幽霊、輪廻、虹、花や鳥など、さまざまな事柄について意見を交換したという。デ・ラ・メアとの親しい付き合いは、1956年に彼が没するまで続いた。その数年まえにアリソンは、デ・ラ・メアの詩について講演をしており、この講演にもとづいたエッセイが『秘密の場所』に収められている。

デ・ラ・メアの他にアリソンが好意をもった相手としては、1954年に会ったエリナー・ファージョン（Eleanor Farjeon, 1881-1965）がいる。また、フェイバー社の編集者で後に会長となる、ピーター・デュ・ソートイ（Peter du Sautoy）とは1940年代以来、親しい友人となり、後にアリソンは、自分の日記をもとにし

た伝記を書いてほしいと彼に依頼する。

晩年──最後まで続く創作活動

アリソンは1959年、60年と立て続けに、グラディス・ルウェリン（GL）とリリー・マーア（LM）という生涯の友を失い、彼女自身のさしもの創作力も1950年代の終わりごろには衰えを見せ始めた。しかし、彼女にたいする講演の依頼やインタビューの申し込みは引きも切らず、彼女の人気は衰えていない。

1964年の4月5日に弟のハリーが死んだ。ハリーはアリソンのチェシャー州の家とサッカーズをそれぞれ、1936年と1940年に訪問している。アリソンの方も、1943年にハリーの最初の妻が癌で死んだとき、またその1年後に彼が再婚したときには、それぞれ、相応しい関心を示しているので、彼女と弟の関係はまったくよそよそしかったとは言えないが、日記には弟に対する苦情がたびたび書かれている。死ぬ10年まえにハリーが姉にたいし、一緒に暮らさないかと提案しているが、彼女が断っているのも当然だろう。高等教育を受け、作家として成功した姉と、農場を受け継いで、本にたいする興味もなくなった弟とでは、生き方も関心もまったく違っていた。その関係が晩年になって変わるはずもなかったのである。アリソンは末期癌にかかった弟のことを心配し、病院の費用に多額の援助をし、彼が死んだときは非常に悲しんだが、葬式には参列しなかった。

アリソンの科学にたいする関心は相変わらず強く、1957年のロシアによる史上初の人工衛星スプートニクの打ち上げや61年のガガーリンによる有人宇宙飛行、そして1969年のアポロ乗組員の月面着陸には鋭敏な反応を示している。1970年5月には、マンチェスター大学から名誉文学博士の学位を授与された。またこの同じ月に放送されたBBCテレビの「ライン・アップ」シリーズの番組でアリソンはキャッスル・トップ農場の子ども時代と自分の作品について語っている。BBCは1975年の12月にも、「ブック・プロ

グラム」という番組で「アリソン・アトリーとリトル・グレイ・ラビット」("Alison Uttley and Little Grey Rabbit") を放送している。このように、アリソンにたいする世間の関心は、その生涯の最後まで衰えることはなかった。

彼女はずっと続けていた日記を書くことを1971年の末に止めてしまったが、まだ創作活動は続けている。1972年には最後のエッセイ集『秘密の場所』を、そして1971年から75年にかけてさらに4冊の「グレイ・ラビット」を出版している。また1975年にはキャスリーン・ラインズ (Kathleen Lines) による選集、『フェアリー・テイルズ』(Fairy Tales) も出ている。

アトリーのただでさえ強い対抗意識に加え、「グレイ・ラビット」の登場人物を作り上げたのは誰かという問題を巡って、つねに困難を伴っていたテンペストとの関係にとうとう終止符が打たれたのは、1969年のことである。1966年からアリソンは挿絵画家を変更しようとしていたが、1968年には「グレイ・ラビット」シリーズをテレビ用映像にしようという企画にたいしテンペストが異を唱え、結局この計画は実現しなかった。この最後の摩擦の後、ついに1969年の4月、次に出す『グレイ・ラビット、北極へ行く』(Little Grey Rabbit Goes to the North Pole, 1970) の挿絵をキャサリン・ウィグルズワースが担当することがコリンズ社によって決定され、アリソンを喜ばせた。こうして、「グレイ・ラビット」の最後の5冊には、このシリーズを長期にわたって支えてきたテンペストに代わって、キャサリン・ウィグルズワースの挿絵が付けられることになった。

孤独な死と息子ジョンの悲劇

1976年の春にアリソンは転倒して、大腿骨を骨折した。朝になって発見され、病院に運ばれたが、1ヶ月余り後の5月7日に世を去った。91歳だった。

息子ジョン夫妻との軋轢は、アリソンの最晩年にはますます悪

化していた。例年、彼女はクリスマスやイースターの休暇を息子夫妻のところで過ごしていたが、1971年のイースター休暇は、息子によって訪問を拒絶されている。そして最後の入院のときも、ジョンは2度ほど見舞っただけで、彼女が死にかけていた5月の5日に、夫妻はスペイン旅行に出かけてしまった。

　母が死んだ後、ジョンは彼女の写真や手紙をすべて燃やしてしまおうとして止められている。アリソンの日記も、危ないところで破壊を免れた。そして、母親の死から2年後の1978年7月19日に、ジョンは車を運転して、自分が住んでいたチャンネル諸島のガーンジー島の崖から落ち、自殺してしまった。父親から精神的な弱さを受け継いでいたこともあるだろうが、彼は母親の強すぎる支配のもとで、精神的成長を阻害されてしまったのだろう。パブリック・スクールの教師、舎監を歴任するが、うまくいかなかった。唯一の成功は、1966年にチャンネル諸島の歴史をまとめた本、『チャンネル諸島の物語』（*The Story of the Channel Islands*）をフェイバー社から出して、注目を浴びたことだろう。母との強い絆を断ち切るべく結婚しても、母と妻の板挟みになり、最後に母を見捨てたことも罪の意識となって彼を苦しめたと思われる。ジャッドは、アリソンの攻撃的で破壊的な性格が息子との関係においてもっとも顕著に表れていると書いている（Judd, p.87）。

　ジョン・アトリーの死後、アリソンの印税収入は、友人のピーター・デュ・ソートイによって管理され、彼女の夫と息子の母校セドバ・パブリック・スクールと、彼女自身が青春時代を過ごしたマンチェスター大学のアッシュバーン・ホール、そしてナショナル・トラストに寄贈された。

結び

　これまで見てきたように、アリソン・アトリーは幼いころから、恵まれた自然のなかで強い感受性と想像力を育み、身近なもののなかに喜びを見出した。彼女の強い愛着を通して描かれた農場での生活、森や野の動植物は、ひとつひとつ、生き生きとした魅力をもって読者に訴えかけてくる。

　子ども時代を思い出すとき、彼女は喜びと同時に痛みを感じている。それは彼女の持つ、消えることのない喪失感のためであろう。都会に生まれて田園を愛し、ついに農場経営者になりきってしまったビアトリクス・ポターと反対に、アリソンは農場に生まれ、その生活を愛しながらも、さらに高い教育を求めて、そこから離れていった。そんな彼女が回想する農場の生活は、あくまでも、故郷を喪失した者の強い郷愁を通して再現されたものである。夢のなかで見る光景は実際の光景よりもいっそう鮮やかだ、と彼女は書いている。回想のなかの田園生活も同様である。彼女はその作品において、永遠に緑で美しい自然のなかに、より鮮やかで生き生きしたものとして、自分の子ども時代を再創造し続けたのである。

　しかし、彼女はけっしてロマンティックな夢想家ではなく、農場の厳しい生活のなかで育まれた現実的な感覚、計算高い面を強く持っていた。周りの人々との間に軋轢を生み、夫や息子の悲劇的な死につながったとも考えられる、彼女の強すぎるほどの個性、自我意識は、幼いころから備わっていたと考えられる。それは２歳くらいのときに部屋履きを投げて名付け親に叱られ、拾ってくるように言われても素直に従わなかったエピソードにも表れている。また、弟が生まれたことで、家族のなかで一番大事にされる存在でなくなると、彼女は自然のなかに慰めを見出す。そこですべてを独占していると感じることで、彼女は自我の満足を得るこ

とができたのである。奨学金を得て町のグラマー・スクールへ、そして大学へと進学したときも、田舎の奨学生という引け目を感じながら、優秀な成績を収めて認められようとする努力の過程で、彼女の性格はますます強められたと考えられる。

　アリソンの経歴に示される勤勉さ、意志の強さはその創作活動に発揮され、驚くほどたくさんの作品を生み出した。彼女は作家として遅いスタートを切ったが、精力的に次々と作品を生み出し、ほぼ10年後には作家としての地位を確立している。夥しい子ども向けの物語とフェアリー・テイル、タイム・ファンタジー、自伝的作品、エッセイなど、多岐にわたる創作活動によって、子どもにも大人にも受け入れられ、その生涯の最後まで、作家として、これ以上ないほどの成功を収めたということができる。

　家族との関係ではうまくいかないことが多かったが、アレグザンダー教授やウォルター・デ・ラ・メアのように、父親代わりとも言えるような存在、ピーター・デュ・ソートイのような良き相談相手にも恵まれた。その気難しさ、付き合い難さにもかかわらず、ＧＬ、ＬＭという２人の女友達とは生涯にわたる親交を保つことができた。身近な人間に破壊的な影響を及ぼし、日記に孤独の悲哀や不満を書き綴っているにもかかわらず、交友関係においても、彼女の生涯は充実したものだったと思われる。

　アリソン・アトリーの作品の多くは現在、入手し難くなっているが、「サム・ピッグ」のお話のうち25編はフェイバー社のペーパーバック『サム・ピッグの物語集』（*Sam Pig Storybook*, 1965）で読むことができるし、「グレイ・ラビット」シリーズもコリンズ社から新装版で出版されている。『農場にくらして』や何冊かのエッセイ集、フェアリー・テイルの選集『ポケットのなかの魔法』など、近年になって再版されているものもある。日本での人気も高く、動物シリーズをはじめとして、かなりの数のフェアリー・テイル、『時の旅人』、『農場にくらして』など、多くの作品が翻訳されている。

II

作品小論

Alison Uttley

はじめに

　「その生涯」で見てきたように、アリソン・アトリーは40数年にわたり旺盛な創作活動を続けたため、その作品の数は多く、多岐にわたっている。そのなかからまず、タイム・ファンタジーの傑作『時の旅人』を取り上げる。そして次に、アトリーが自分の子どものときに聞いた物語や伝承を育った場所の自然に結びつけて、ほとんど無尽蔵とも思えるようにさまざまなヴァリエーションで創作したフェアリー・テイルを、「サム・ピッグ」も含めて、いくつか紹介し、アトリーの想像力がどのように物語のなかで発揮されているかをみていきたい。

　『時の旅人』のテキストは、手に入り易いパフィン版を使用した。また、フェアリー・テイルの引用には、まずキャスリーン・ラインズ編『クリスマスのお話』(*Stories for Christmas*, 1977) のパフィン版（1981）及び、エリナー・グレアムが編んだ『ポケットのなかの魔法』(*Magic in My Pocket*, 1957) のジェイン・ニッセン版（2003）を使い、この2冊に収められていないものはそれぞれ、初出本あるいは他の選集から引用した。

◇『時の旅人』初版（*A Traveller in Time*, 1934）の表紙。

1. 『時の旅人』——時代を超えた愛惜の念

　現代に生きる少女がエリザベス一世の時代を訪れ、当時この家に住んでいた人々と思いを共にするタイム・ファンタジー、『時の旅人』は、アトリーの作品のなかで、若い読者を対象とした唯一の長編物語である。大人向けの2編の小説と同様、主人公は作者の分身で、場所も、悲劇の女王メアリー・ステュアートを助けようとする企てに関わって命を落とした、アンソニー・バビントンの荘園館跡という設定だが、実際に描かれている農場の生活は、アトリー自身が育ったキャッスル・トップ農場の暮らしそのままである。また、この農場を経営する主人公の大おじバーナバス・タバナーのモデルは、アトリーの父親ヘンリー・テイラーである。

　このタイム・ファンタジーを成り立たせているのは、いくつもの時間が重なりあって共に存在し、古い家にかつて住んでいた人たちが、そのまま影となってそこに生き続けるという、アトリーの時間についての考えである。そして、アトリーが実際に見た夢を記録し、それについて解説している『夢の材料』では、この時間の概念が、夢と結びつけて語られている。主人公ペネロピの時間を越えた旅には、アトリーの語る夢の特質が顕著に表れていて、すべてを夢と考えることができる。しかし、アトリーにとって夢はもうひとつの現実であり、この作品における主人公の時間旅行をすべて夢と解釈しても、主人公の体験の真実性が失われることはない。この作品には、アトリーの子ども時代の農場での生活、古い家にたいする愛着、時間と夢についての考えが、悲劇のスコットランド女王をめぐるドラマを軸にして、見事に表現されている。

　主人公ペネロピ・タバナー・キャメロンとアトリー自身の共通点は非常に多い。ペネロピはロンドンのチェルシーに住んでいるが、母方のダービシャーの自作農、タバナー家の血を濃く受け継ぎ、代々この一族に伝わるペネロピという名前によっても、ダー

ビシャーの家系とのつながりが強調されている。彼女が住むチェルシーのチェイン・ロウは、アトリーがロンドン時代に住んでいたところで、戸口を訪れる花売りにもアトリーの体験がそのまま再現されている。

チェルシーの家には、主人公の母方の祖母がダービシャーから持ってきた、古い家具がいくつかある。とくにオークの衣装箱は主人公を惹きつけ、そこから取り出した品々について、彼女はさまざまな物語を紡ぎだす。「それらの物について語る声が、私には聞こえるようだった。」("I seemed to hear a voice telling me about them", p.15）これも、キャッスル・トップ農場の家具や食器ひとつひとつに物語があると感じていたアトリー自身と重なり合う。

アトリーは幼いころ、自分を「取替え子」（changeling）と感じていたという。『時の旅人』では、タバナー一族には代々、透視力（second sight）を持つ者がいて、ペネロピは同名の祖母からこの力を受け継いだという設定になっている。このような特異な能力を備え、姉兄と違う感性を持ったペネロピは、家族のなかで孤立している。と言っても、母親はこのような彼女を気遣っているし、性質の違いが強調されている姉との仲も決して悪くはない。ただ、他の者たちには見えない過去の影を見ることができる彼女は、自分の生きる世界にしっくり馴染むことができないのである。

健康をそこなったペネロピが母のおじとおばが住むダービシャーのサッカーズへ保養に行くときも、姉と兄が同行する。彼らもすぐに農場の生活に馴染み、兄のイアンは農場の仕事や狩りに夢中になり、姉のアリソンもティシーおばさんの料理を手伝う。しかし、昔は荘園領主の屋敷で、今は一部が残って農家となっているサッカーズの、過去の住人たちに特別な関心を抱くのはペネロピだけである。また、家のなかで過去の人々が動く気配を感じ、かすかな物音を聞き取るのも、彼女だけである。この家に住ん

いるティシーおばさんでさえ、ペネロピが彼女の部屋で見た過去の住人を自分の目で見ることはできない。ティシーおばさんは、自分の母や祖母の同様な体験については聞いたことがあるので、ペネロピの言うことを理解することはできる。しかし、彼女にはペネロピと同じ特殊な能力は備わっていない。ペネロピはチェルシーの家にいたときと同じように、サッカーズでも、愛情深い人たちに囲まれながらも、現在に安住することはできない。

ペネロピがサッカーズ滞在中に経験する過去への旅はすべて、夢の特徴を備えている。彼女の経験が断片的であるのも、夢の特徴のひとつである。アトリーは前書きで、自分の夢のなかでの体験をこの物語に織り込んだと述べている。実際、ペネロピが部屋のドアを開けて、バビントン家の4人の女性を見るエピソードには、アトリー自身の見た夢が時代を少し変えて使われている。ペネロピはチェルシーにいるときから、夜、姉が眠ってしまった後、不思議な現象や、夢のようにぼんやりした人影を見ており、家の階段ですれちがった見知らぬ女性を「私の夢に出てくる人たちのひとり」（"one of these people of my dreams"）と呼んでいる。

ルーシー・ボストン（Lucy M. Boston, 1892-1990）の『グリーン・ノウの子どもたち』（*The Children of Green Knowe*, 1954）におけるトーリーと同じように、ペネロピが過去の世界に完全に入り込むまえに、いくつかの準備段階がある。彼女は、ティシーおばさんの裁縫箱で糸巻きとして使われている、エリザベス朝の男の子をかたどったと思われる木彫りの人形を見つける。そしておばさんから、かつてここに住んでいたアンソニー・バビントンによる、スコットランド女王メアリー・ステュアート救出の、失敗に終わった企てについて聞かされる。メアリーが幽閉されていたウィングフィールド館とサッカーズを結ぶ秘密のトンネルの話は、アトリー自身も父親から聞かされている。このように過去の物語やティシーおばさんの話を通じて、徐々に過去のサッカーズとつながりを深めていったペネロピは、自室に入ろうとして、過

去の屋敷の階段をころげ落ちてしまう。フィリパ・ピアス（Philippa Pearce, 1920-2006）の『トムは真夜中の庭で』（*Tom's Midnight Garden,* 1958）では、時計が13時を打つと家全体が過去の時間に戻るが、『時の旅人』においては、はっきりしたきっかけもなく時間が変化し、ペネロピは今はなくなったはずの階段を通って、過去の時代に入っていく。

　そこの台所にも、現代のサッカーズにあるのと同じテーブルが部屋の真ん中にあり、そこで君臨しているのは、ティシーおばさんそっくりの、デイム・シスリー・タバナーである。ペネロピは彼女に「ティシーおばさん」と呼びかけ、ふいに現れたことや服装の違いにもかかわらず、ペネロピという名前と一族に特有な容貌によって、身内の娘として、すんなりと受け入れられる。これも夢の特徴といえる。ただ、焼き串を回す、口がきけず耳も聞こえない少年、ジュードだけが、ペネロピが違う世界から来たことに気づく。ティシーおばさんの裁縫箱に入っていたのは、このジュードがペネロピのために作った人形である。この木彫りの人形は、アンソニー・バビントンが紛失して現代の時間でペネロピに発見されるメアリー女王のミニチュア肖像画とともに、２つの時代を結びつけ、ペネロピの体験に現実感を与えている。

　過去の時代においてペネロピは、現代のチェルシーに住む父母のことを忘れてしまうが、２つの時代を通じて変わらないものは、サッカーズとそれを取り巻く風景である。

　　サッカーズとその変わることのない風景だけが、馴染み深く愛しいものとして、心に残っていた。まるで、自分が永劫の昔からそれを知っていたかのように。まるで、自分がその一部、その不死の魂で、愛する場所に戻ってきたかのようだった。

　　Only Thackers and the unchanging landscape remained, familiar and dear to me, as if I had known it from time everlasting, as if I were part of it, immortal soul of it come back to the loved place.（p. 63）

　家と土地にたいする時代を超えた愛着は、過去の時代の人々と彼女を自然に結びつける。古い荘園領主の館は取り壊され、現代に農家として残っているサッカーズはその一部に過ぎないが、景色はエリザベス一世の時代と変わらないものとして書かれている。これは『トムは真夜中の庭で』で、永遠に変わらないとハティが考えた庭がなくなってしまったのと対照的である。心に残る風景が永遠に変わらないでほしいという、アトリーの強い願いが表れている。
　ペネロピがエリザベス朝のサッカーズにいる間、現代の時間は止まっている。これはタイム・ファンタジーに共通した特徴だが、この作品では、夢のなかの時間として説明できる。アトリーは『夢の材料』で、夢のなかの時間について、次のように書いている。

　　というのも、太陽の運行による時間は夢のなかには存在しないのだ。意識が寝かしつけられ、永遠の絶対的な時間が働き始めると、私たちは太陽時の影響から解き放たれる。そこでは絶対的な時間が現実で、この時間の概念のなかで私たちは遊び戯れ、瞬時のうちに無限の時間を過ごすことができる。

　　For solar time is not present in dreams. We get away from its influence when our consciousness is lulled and the absolute time of infinity comes into play. That is the reality, and within this conception of time we can disport ourselves, and spend an eternity in a second.（*The Stuff of Dreams*, p. 19）

　時間と空間の問題を、アトリーは科学者らしい態度で探求し続けた。そして、時間についての考察はまた、夢と結びつく。それ

は、「時間の夢」という題で、1940年のクリスマスに見た夢について語っているところに、はっきり見られる。

　空間と時間についての諸理論がずっと以前から私の心にかかっていて、ここで、それが私の夢に侵入してきたらしい。時間は折りたたまれて重なることができ、過去は現在と共存している。

　The theories of Space-Time had long teased my mind, and here they seem to have invaded my dreams. Time can be folded back upon itself, and the past co-exists with the present.（*The Stuff of Dreams*, p.115）

『時の旅人』では、このような時間についての考えが、変わらぬ自然の景色と結びつけて、表現されている。過去の余韻を耳に残したまま最初の時間旅行から戻ってきたペネロピは、サッカーズの丘から景色を眺め、時間の多層性について次のように考える。

　やわらかい光のなかで薄紫、藍、菫色に見える5つの丘は、重なりあって、その蔭になった谷にある村々を隠していた。あの靄に包まれた浅い谷間で、見られることなく生活は続き、幾重にも重なりあった時間のなかで、別な生活が営まれている。

　The fivefold hills were lavender, indigo, violet in the soft light, one behind another, concealing the small villages in their shadowed troughs. Life went on unseen in those misty shallows, and another life moved in the folded layers of time.（p. 86）

　現在の時間で居心地の悪さを感じているペネロピは、過去の時

間に本当の居場所をみつけたかのようで、エリザベス朝のサッカーズの生活にしっくり溶け込む。しかしその一方で、彼女にとって、時間を旅する体験は死の連想を伴っている。

　もしかしたら、あのほんの短い一瞬の間、私は死んで、私の幽霊が時を遡って飛んでいき、ジュードに気づかれただけで、心臓がほんの１回打つあいだに、現代へ戻ってきたのかもしれない。

　Perhaps I had died in that atom of time, and my ghost had fled down the years, recognized only by Jude, and then returned in a heartbeat.（p. 85）

　過去と現在の両方の時間を同時に生きるペネロピは、自分を幽霊のように感じる。

　先祖たちが代々住んできたサッカーズで、私は同時に過去と現在に生きていた。私はある模様に縫い合わされた時の織物を見、そのなかを、幽霊のように足音をたてずに動いていた。

　I was living in the past and the present together, at Thackers, the home of my ancestors. I saw the web and woof of time threaded in a pattern, and I moved through the woven stuff with the silent footfall of a ghost.（p. 86）

　２度目に過去を訪問した後、主人公は過去への旅に慣れ、頻繁に自分の時間と16世紀を往復するようになる。そして過去への旅の間、彼女はますます現代のことは忘れ、過去の時代に没入していく。しかし、眠っている間にも何度か行き来しているらしく、いつの間にか過去の生活に馴染んでいる自分に気づいて、ペネロ

ピは不安を覚えるのである。

> この知らずになされた旅のことを考えるとぞっとした。なぜなら私はこの世の馴染み深い、大事なものたちに執着していて、あの時代に捉えられ、ずっと留まることになるといけないので、知らないうちに過去に入っていく危険を冒すのは嫌だったから。
>
> I shivered as I thought of this unknown journey, for I clung to the dear familiar things of life and I was not prepared to venture into the past unwittingly lest I should be caught and captured for ever in that time.（p.129）

　ペネロピの恐れは現実のものになりかける。バビントン兄弟のいとこアラベラが嫉妬に駆られ、彼女を放棄されたトンネルに閉じ込めるのである。その絶望的な状態でペネロピは夢を見、その夢のなかで、幽霊のように誰にも姿をみられず、屋敷内を駆けめぐる。夢のなかで助けを求める彼女の声をジュードが聞くところも、この作品における夢と現実のつながりを示している。このとき、過去においても現在においても、ペネロピの手には、彼の作った木彫りの人形が握られている。また、過去の時間で死に瀕したペネロピは、現在の時間でも倒れ、死にかける。過去への旅が夢だとしても、夢と現実はつながっているのである。それがアトリーの夢についての考え方である。
　主人公が過去にいる間、現在の時間は動いていない。しかし、主人公がサッカーズを離れ、2年後に戻ってきたとき、過去のサッカーズでも2年が経過している。このように、主人公の成長に合わせて過去の世界の時間も動いていることは、この時間旅行が主人公の夢であることの、もうひとつの証拠である。
　また、主人公が最後に過去を訪れるとき、どちらの世界でも、

サッカーズはクリスマスを迎えようとしている。ただし、現代のサッカーズでは、チェルシーの父母も加わって、平和なクリスマスが祝われようとしているのにたいし、過去のサッカーズにおけるクリスマスは、トンネルを使ってメアリー女王を逃がそうとした企てが発覚し、危機を孕んだものとなっている。この危機が回避されたところで主人公の過去への旅は終わるが、主人公の心は過去に残っている。

　ペネロピは、過去の世界に住むバビントン家の人々に愛着を感じつつも、自分の属する世界はこちら側であることを常に認識している。しかし、ペネロピは過去の世界でより充実した生を経験し、そこで出会った人々と切実な思いを共にする。フランシス・バビントンとの恋も、彼女にとって一生にただ一度の恋となる。物語の最後で彼女は、「いつの日にか私は戻って、あの勇敢な影の仲間たちと一緒になるだろう」(someday I shall return to be with that brave company of shadows) (p.286) と言っているが、これは、自分の時間の生を全うすることによってのみ、過去の人たちと一体になれるという、彼女の認識を表している。すなわち彼女は、過去に戻るために現代を生きるのである。マリア・ニコラエヴァが指摘しているように、時間旅行によってペネロピのアイデンティティーは変化してしまっている (Maria Nikolajeva, *From Mythic to Linear: Time in Children's Literature*, p.155)。ここが、主人公が現在の時間において抱えている問題がタイム・スリップによって解決されることが多い、他のタイム・ファンタジーとこの作品が大きく違っているところである。ペネロピの喪失感は、彼女が一生を終え、過去の人々と再会するまで消えないのである。

　ここまでペネロピをただ現代の少女と書いてきたが、正確にはアトリー自身とほぼ同世代の少女である。1587年のメアリー・スチュアートの処刑について、ペネロピの姉アリソンが「たった320年前よ」("Only three hundred and twenty years ago") と、皮肉

っぽく言うところがある（p.95）。そこから彼らがサッカーズに初めて行ったのが、1907年だということがわかる。ペネロピの年齢はこのとき13歳か14歳だと思われるので、1884年生まれのアトリー自身より10歳かそこら下ということになるだろう。アトリーが作品の時代をこのように設定した理由は、自分自身とペネロピを重ね合わせるためだけでなく、サッカーズとそれを取り巻く景色の不変性をより確実なものにするためではなかったろうか。ペネロピはティシーおばさんとバーナバスおじさんの生き方を、エリザベス朝の人々と重ね合わせている。

> サッカーズはかつて、私のおばさんやおじさんと同じように、勇敢に、そして素朴に生きる人々の家だった。彼らは与えはしても、その報いは求めず、どんな人生でも恐れることなく受け入れた。
>
> Thackers was once the home of people living courageously and simply, in the way my aunt and uncle lived, giving and not asking in return, fearlessly accepting what life offered.
>
> （p.232）

アトリーにとって、自分の子どものころの農場の暮らしを変わらぬものとして描くには、この時代設定が必要だったのである。何百年にもわたって一族が住み続けたキャッスル・トップ農場は、1941年に弟のハリーによって売却されてしまうが、そのもっとまえの1934年秋に、すでにハリーは農場を離れ、ランカシャーに移住している。この作品を書いていたとき、アトリーは大きな喪失感を感じていたはずである。『時の旅人』でアトリーは、自らの失われた子ども時代への愛惜の念を、メアリー・ステュアートとバビントン一族の歴史上の悲劇と重ね合わせて、より大きく普遍的な喪失感として表現することに成功している。

2．創作フェアリー・テイルを読み解くキーワード

　アトリーのフェアリー・テイル集は、キャスリーン・ラインズ、ルーシー・メレディスが編集した4冊と「選集」("A Selection of Tales")と銘打った『ポケットのなかの魔法』を除くと、全部で13冊になる。しかしその13冊のなかでも、『スパイス売りの籠』と『月光の物語集』がどちらも、『月光と魔法』と『カラシとコショウと塩』からほぼ半数ずつ物語を採っているように、すでに発表した物語を編集したものがかなりある。初出の作品だけ、あるいはほとんど初出の作品を収めたものは8冊で、物語の総数は120編以上である。

　自然のなかの魔法を描いたアトリーのフェアリー・テイルには、霜の精ジャック・フロストや風がたびたび登場する。また彼女の物語のなかにはクリスマスの奇跡を描いたものが多い。便宜上、上に挙げたフェアリー・テイルの数には、「サム・ピッグ」、「ティム・ラビット」は入れなかったが、キャスリーン・ラインズ編のクリスマスの物語集には、「サム・ピッグ」も2編含まれている。また、ティム・ラビットの話もフェアリー・テイル集のなかにたびたび入れられている。すなわち、マージャリー・フィッシャー（Margery Fisher）も書いているように、サム・ピッグの話もティム・ラビットの話もフェアリー・テイルなのである（『読書に魅せられて』（〔Intent Upon Reading, 1964〕）。

　以下、動物シリーズから「サム・ピッグ」、そしてクリスマスの物語その他、自然の魔法を描いた創作フェアリー・テイルのいくつかを取り上げて、アトリーのフェアリー・テイルがどのように作られているかを見ていくことにする。

「サム・ピッグ」──人、動物、自然の精との交流

　「サム・ピッグ」の人気の高さは、選集も含めて13冊の本が出

版され、物語の数も約110編と、アトリーの他のフェアリー・テイルを合わせた数にほぼ匹敵することからもわかるだろう。

　「その生涯」にも書いたように、「ティム・ラビット」が、ひとりっ子で「特別なうさぎ」という自負をもつ主人公の、積極的で、ときに無鉄砲な単独行動を描いていることが多いのにたいし、4匹のきょうだいブタの末っ子であるサムの物語は、きょうだいや保護者であるアナグマのブロック、そしてサムがあちこちでつくる友人たちとの関係から生じる、社会性を主要な特徴としている。

　きょうだいのうち、2匹の兄はそれぞれ料理と畑の世話を担当するしっかり者で、優しい姉のアンも家事を引き受け、サムも家の仕事を分担しなくてはならない。「サム・ピッグとヴァイオリン」（"Sam Pig and his Fiddle".『四匹の子ブタとアナグマのブロック』所収）では、きょうだいの手伝いもせず、まるまると太っているサムに、アンは畑仕事を手伝ってスマートになったらヴァイオリンをあげると約束する。何もしないでいるのにも飽きていたサムは、早速ビルの仕事を手伝って畑を耕し、石を取り除いて、ジャガイモや豆を播く。さらに水遣りや草取り、虫の除去をして、サムはヴァイオリンを与えられる。その夏は日照りで、食べるものがない野原の動物たちを招き、子ブタたちは見事に育った自分たちの畑の作物を分け与える。そしてサムは子どもたちにヴァイオリンを弾いてやり、大満足である。ここには「グレイ・ラビット」と共通する、動物たちのコミュニティーが描かれている。

　しかし、サムはいつもこのように素直なわけではない。彼は兄や姉に仕事を言いつけられるのに不満を持ち、すぐに逃げ出しては、野原や農場に遊びに行って、あちこちで友達をつくる。農場の雌馬サリーは彼の親友で、その主人である農夫のグリーンスリーヴズさんや、森のはずれにすむ「魔女」と呼ばれる親切なおばあさんもサムの友達である。このように人間との関わりが多いのも、このシリーズの特徴である。これはウサギやリスのような野生動物と違って、家畜として人間になじみ深い動物であるブタを

主人公にしたことによるのだろう。サムの世界は森のなかと人間世界の両方に広がっている。

　サムは、ティム・ラビットほど無鉄砲だったり、生意気なところはないが、普通の小さな子どもと同様、してはいけないと言われたことをどうしてもしたくなる。子ブタたちの保護者、アナグマのブロックしか巻いてはいけない置時計のネジを巻いて壊してしまったり、ブロックが分解修理している懐中時計に手を出したりする。壊れた置時計の代わりに彼が友人の魔女のところからもらってきたカッコウ時計からは、時間ごとにカッコウが飛び出して、時を告げながら部屋を飛び回る。ブロックと子ブタたちが時計のなかを覗いてみると、カッコウは何もない部屋でひとり寂しそうにしているが、翌朝、彼は家の外に飛び出し、パートナーをつれて戻ってくる。2羽になったカッコウの住む時計のなかの部屋では、暖炉に火が燃え、テーブルの上には桜草が飾られている。このようにアトリーの物語では、子どもの想像のなかと同じように、カッコウ時計のカッコウも自然のなかのカッコウも区別はない。(「サム・ピッグとカッコウ時計」)〔"Sam Pig and the Cuckoo Clock"〕.『サム・ピッグの冒険』〔*The Adventures of Sam Pig*, 1940〕所収)

　一方、サムに部品をめちゃくちゃに詰め込まれ、ブロックの魔法のオイルをさされた懐中時計は、羽を生やして飛んでいってしまう。時計に羽が生えたせいで時間が早く進み、土曜がたちまち日曜になって、農夫のグリーンスリーヴズさんを慌てさせる。結局この時計はスープの中から見つかるが、これは、この大型の懐中時計が「かぶ」("turnip")と呼ばれていることからの言葉遊びである。時計に羽が生えるのも、「光陰矢のごとし」("Time flies.")に掛けてある(「ブロックの時計」〔"Brock's Watch"〕.『サム・ピッグ、困ったことになる』所収)。上述のカッコウ時計の話でも、壊れた時計がめちゃくちゃに時を告げ、子ブタたちの生活はめまぐるしい速さで進む。このシリーズ以外でも、グラン

ドファーザー・クロックのおじいさんとカッコウ時計のカッコウが家の外に遊びに出る話（「グランドファーザー・クロックとカッコウ時計」、『月光と魔法』初出）があって、時計と時間にたいするアトリーの関心の強さが表れている。

「サム・ピッグ」にはこのほか、木霊や水の子（water-baby）、地の精（gnome）も登場する。そして大雨の日には「雨」そのものが人の姿をとって子ブタたちの家を訪問することさえある。ティム・ラビットも霜の精ジャック・フロストに出会ったり、妖精たちと交渉を持つが、「サム・ピッグ」シリーズでは森の住人で、自然の魔法に通じたアナグマのブロックが、その仲立ちをすることが多い。サム・ピッグは動物や人間のみならず、自然の精たちとも広い交友関係を持っている。

クリスマスの奇跡

アトリーはクリスマスの直前に大雪のなかで生まれた自分を「雪の子」と呼び、自分を特別な存在と考えることを好んだ。クリスマスも自分の誕生と強く結びついて、アトリーにとって特別な思い入れのある行事であった。そのためか、彼女の書いた多くの物語のなかでも、クリスマスの奇跡を描いたものが目立っている。キャスリーン・ラインズが編集した『クリスマスのお話』には、12編の物語が収められている。そのなかから数編を紹介する。

最初の物語「小さな樅の木」（"The Little Fir-Tree"、『カラシとコショウと塩』初出）は、2人の孫のためにおじいさんが、樅の苗木のなかから、枝に鳥の巣が付いた小さな木を掘ってきて、クリスマス・ツリーにする話である。この小さな樅の木はクリスマスの後、仲間たちのところに戻って、皆に自分の体験を話して聞かせる。

　　それは樅の木にとって記憶に残る一日だった。生きている限り樅の木は、その日のことを忘れないだろう。クリスマス

の祝祭の中心となって、クリスマスの遊びを見、クリスマスの歌を聴き、村の草地の向こうから響いてくる教会の鐘の音に合わせて、低い声で歌っていたのだ。

 That was a day for the fir-tree to remember. Never as long as it lived would it forget the day! It stood, the centre of the festivities, watching the Christmas games, listening to the Christmas songs, humming softly to the bells from the church across the village green.
      ("The Little Fir-Tree", *Stories for Christmas*, p.18）

 この物語には魔法らしい魔法は出てこないが、小さな樅の木にとって、また子どもたちにとっても、これは魔法のような、素晴らしい体験と言えるだろう。
 「ヒイラギの実」("The Holly Bears a Berry".『カッコウ、チェリー・ツリー』〔*Cuckoo Cherry-Tree*, 1943〕初出）では、妻と赤子のためにクリスマスの飾りに使うヒイラギの実を探しに行った若者が、ヒイラギの実を食べる不思議な鳥、ヒイラギ鳥と、緑の服を着たヒイラギ老人に出会う。老人は彼に、3つの実がついたヒイラギの枝をくれる。夫婦がこの枝を、ヒイラギの枝で作り天井から下げる飾り玉、キッシング・バンチ（kissing bunch）に挿しておくと、妻は真夜中に、東方の三博士が幼子イエスに贈り物をする場面を見る。そして翌朝、3つのヒイラギの実が割れて、なかから三博士の贈り物が出てくる。アトリーはクリスマスの飾りのなかでもこのキッシング・バンチに特別な意味を持たせている。「東方の三博士」("The Three Wise Men".『ジョン・バーリコーン』初出）でも、人里はなれた小屋に住む貧しい夫婦が同じように、三博士による幼子礼拝の場面を目撃するが、その奇跡に先立ってこの家を訪れた老人、バルタザールはこの飾りを指して、「これは聖なるものだ」("It is a holy thing.")と言っている

(*Stories for Chrstmas*, p.138)。そして彼は、この聖なるものが飾られている場所こそが幼子イエスの再臨に相応しい場所だと判断するのである。

また、「キッシング・バンチ」("The Kissing-Bunch".『くつなおしの店』〔*The Cobbler's Shop*, 1950〕初出）という物語では、子どもたちが寝静まってから、両親がキッシング・バンチを作る。そして、人間たちがすべて眠っている夜中に、家具や食器が目覚め、ネズミたちも加わって、宴会の準備が始まり、天使たちが飛んできて、子どもたちに贈り物をする。そのなかでも一番小さな天使が末っ子のタビサ・アンに、善良さや英知ではなく小さな人形を贈るところに、抽象的なものよりも日常的で具体的なものを重視する、アトリーの特徴がよく出ている。

「アオガラと樅の木」("Tom Tit and the Fir-Tree".『カラシとコショウと塩』初出）でも、クリスマス・イヴに、自然のなかの小さな教会で生誕の奇跡が再現される。そこへ、すべてを知る年老いた樅の木の忠告にもかかわらず、好奇心旺盛で大胆なアオガラ（トム・ティット）が、他の小鳥たちを率いて飛んで来て、幼子イエスを称える天使たちの音楽に加わる。アトリーは自分の著作はすべて、事実がもとになっていると書いている。すなわち、この物語に登場する樅の木は、彼女の曽祖父がキャッスル・トップ農場に植えた木で、アオガラはその枝で遊んでいた鳥であるというのだ。このように身の回りの普通のものたちと、クリスマスの奇跡といった神秘的な出来事を結びつけるのも、アトリーのフェアリー・テイルの作り方である。("The Weaving of Fairy Tale", *Secret Places*, p.83)

樹木たち

想像力に恵まれたアトリーは、家や家具も命を持ったものと感じ、友人のように語りかけた。そして、農場を取り巻く木々もまた、彼女にとって親しい存在であった。『農場にくらして』には

「樹木」("Trees")という章があり、『幼い日々の待ち伏せ』にも「樹木の友達」("Tree Friends")という章がある。アトリーは木を、半分人間のような奇妙な生き物と感じていた。彼女は樹木に魅力を感じると同時に、恐れも抱いていた。そして、安全に大地に根を張っている樹木がもし動いたらどうだろうかということを、よく想像したらしい。『農場にくらして』のスーザン・ガーランドは、木々が一団となって押し寄せてくる夢を見る。また、アトリーが書いたフェアリー・テイルのひとつに、水に洗われて崩れていく岸辺に根を張った木が、地面から根を引き抜き、それを枝に掛け、歩いて安全な野原に移動する話がある("The Tree that Walked".『月光と魔法』初出)。幼い日の恐怖がこのような形で物語となったのだろう。

　彼女は1本1本の木に、個性を感じ取った。とくに年を経た大きなオークの木は「安定(a steadfastness)」、すなわち「永続感(a feeling of Eternity)」を感じさせたという(*Ambush of Young Days*, p.63)。そのような木にたいする彼女の気持ちを描いたのが、「西風のくれた鍵」(『カラシとコショウと塩』初出)である。これは、トネリコ、カエデなどの束になった翼果を「鍵(keys)」と呼ぶのに着想を得た物語である。西風が吹き落としていった木の鍵で、少年がオオカエデ、トネリコ、オークの木の幹に扉を開けるところが、魔法である。それらの木々のなかには、それぞれ、夏の日の思い出、音楽に満ちた木の魂、古い時代の記憶が詰まっている。少年は西風から鍵をもらうたびに、それらの木のなかには何があるのかと、父親に質問する。父親は、木のなかには木材があるだけだと答えながらも、それぞれの木の本質について教えてくれる。母親もトネリコの木について、「それは優雅な木よ」("It's a fairy tree")と言葉を添える(*Magic in My Pocket*, p.124)。さらに翌日、野に出たとき、父親は少年にそれらの木々を指し示す。こうして、ひとつひとつの木の本質と見分け方を教えられた少年は、西風がくれた鍵で幹に扉を開け、父や母が言っていた木

の秘密を知るのである。このように少年は、自分の生活に密接に関わる自然の秘密を両親から教えられ、自分で実感して学んでいく。アトリーもこのようにして両親、とくに父親から自然について教えられたのだろう。アトリーの父親も木にたいして、彼女と同じ気持ちを抱いていたという。

　西風は少年に鍵をくれるとき、まず謎かけをする。「謎々かけた、謎かけた」("Riddle-me, Riddle-me, Ree") で始まる、この謎々遊びは、暖炉の火を囲んで、アトリーの両親や使用人の老人が古い謎々を出しあった、キャッスル・トップ農場の夕べの楽しい思い出と結びついていて、アトリーの童話にたびたび登場する。ティム・ラビットも、学校で卵の謎々を宿題に出され、両親をはじめ、知り合い中に尋ねてまわる（「謎々」〔"The Riddle-Me-Ree"〕、『ティム・ラビットの冒険』〔The Adventures of Tim Rabbit, 1945〕所収）。

音楽

　自然の魔法ということでは、音楽も、アトリーにとって重要な魔法であった。トネリコの幹の扉を開けたジョンは、木の心に蓄えられた音楽を聞く。彼は木の幹にハープの影が映るのを見、オルガンの響きを聞くが、トネリコの心に蓄えられているのは、木が四季を通じて接する自然の音楽である。アトリーにとって、自然の音楽と人間が作曲した音楽の区別はなく、キャッスル・トップの客間にあった古いオルゴールの音楽も、自然の音楽と同じく、魔法と感じられたのである。日曜日に父のオルゴールから流れ出るロッシーニの音楽は、「フェアリー・テイルの音楽」("fairy-tale music")、「繊細で優雅な調べ」("delicate, fairy tunes") と表現されている。アトリーは優雅で繊細な美しさを表すのに "fairy" という形容詞をたびたび使っている。また、ロッシーニの音楽を表すのに「滝の流れのような」("like a cascade of water") という言葉が使われている（Country Hoard, pp.64-65）が、トネリコの中

から聞こえる音楽も「滝のように流れる調べ」（"a cascade of melody"）と表現されている（*Magic in My Pocket*, p125）。

「最初の音楽」（"The Music Maker".『月光と魔法』初出）という作品では、「世界がまだ若かったころ」（"when the world was young"）（*The Spice Woman's Basket*, p.23）魔法使いが、鳥の囀り、木の葉のさやぎ、小川のせせらぎの奏でる音楽を変わらずにとどめたいと考え、象牙の箱に小鳥たちの歌、さまざまな木の葉、小川の水の滴りを集める、それは冬の日に、魔法使いの部屋に夏の音楽を再現する。そして何年か、あるいは何世紀かの後に、象牙の箱は「音楽を大きな世界にもたらすもの」（"the one who would take music to the great world"）（Ibid., p.26）である幼子に手渡される。こうして魔法使いが自然のなかから集めた音楽は、すべての音楽のもとになったのである。

また、「小さなヴァイオリン弾き」（"The Little Fiddler".『ジョン・バーリコーン』初出）で、少年が与えられたヴァイオリンは、満月の夜に月の光を浴びたシラカバの木を切り、それを新月の夜に削って作ったものである。少年が夜中に目を覚ますと、月の光がヴァイオリンを照らし、光の指が弦に触れて、妙なる音を奏でる。翌日、少年はそれを森へ持って行き、調律する。彼が弓で弦をこすると、魅惑的な調べが流れ出て、森の獣たちが集まってくる。少年はその晩すぐに舞台に立ち、ヴァイオリンを演奏する。そして彼の音楽は聴衆の心を捉える。なぜなら彼は、人々が知らず知らずのうちに呼吸していた空気のなかから、馴染み深い音楽を取り出して、聞かせるからである。

まったく同様のことが「サム・ピッグと手回しオルガン弾き」（"Sam Pig and the Hurdy-Gurdy Man".『サム・ピッグとサリー』〔*Sam Pig and Sally*, 1942〕初出）でも語られている。壊れかけて調子の外れた古い手回しオルガンを、サムは一晩だけ借りて、家に持ち帰る。子ブタたちが十分に遊んだ後、彼らの保護者であるアナグマのブロックがこの手回しオルガンを分解修理し、森へ

運んで行く。彼は、「最初の音楽」の魔法使いが箱のなかに自然の音楽を取り込んだように、風や小川のせせらぎ、小鳥の囀りを手回しオルガンに取り込む。ブロックは、手回しオルガンに込められた自然の調べについて、「それらは聴く人たちに幸せな日々を思い出させる」("they will bring back good days to the memory of listeners")ので、それを演奏しているかぎりオルガン弾きは金にも友人にも不自由しないだろうと言う（*Magic in My Pocket*, p.139）。これは、アトリーの作品の魅力にも当てはまる。彼女の作品は読む人に、幼い頃の幸せな日々、あるいは人が自然とともに暮らした時代のことを思い出させてくれるのである。

妖精、自然の精との結婚

　アトリーのフェアリー・テイルには、人間の娘が妖精や自然の精と結婚する物語がいくつもある。「氷の花たば」("The Frost Bouquet".『ジョン・バーリコーン』所収）では、娘が霜の精ジャック・フロストと結婚する。彼女の父親は冬の嵐の夜、ジャック・フロストに助けられ、家に帰ったとき暖炉のまえの籠に入っているものをお礼に与える約束をする。それは彼の娘、赤ん坊のローズだった。ローズはジャック・フロストに見守られて育ち、冬のさなかに仲間たちとスケートに出かけた彼女は、3本の赤いバラ、ヒイラギの冠、また、8本の蝋燭がついた氷の輪を与えられる。彼女はこれらをまとめ、さらに窓についた羽のような霜を集めて、花束を作る。親たちは泣く泣くローズを手放すことになるが、多くのフェアリー・テイルと違っているのは、ローズ自身が、幼い頃から自分を愛し見守ってきたジャック・フロストにたいする愛を表明し、自ら進んで、ジャック・フロストとともに去っていくことである。ローズとジャック・フロストは霜の王の宮殿で幸せに暮らし、冬の夜に、ローズはときどき子どもたちを連れて両親のもとを訪れる。このように、親が助けられたお礼に娘を与える約束をそれと気づかずにしてしまうのは、フェアリー・

テイルによくみられるパターンだが、相手にたいする愛を娘が積極的に表明するのは、アトリーの作品の特徴といえるだろう。

同様に、「妖精の花嫁ポリー」("The Girl who Married a Pixie".『カラシとコショウと塩』初出）でも、妖精に結婚相手として望まれた貧しい労働者の娘ポリーは、妖精が約束した財宝で家族が安楽に暮らせることだけでなく、自分が結婚しようとしていたパン屋の若者より、この妖精の方が優しくて良い夫になるだろうと考えて、自分から進んで結婚の意思表示をする。そして、妖精との間に生まれた2人の子どもが9歳か10歳になったとき、すなわち、彼女が妖精の国で10年ほど暮らした後、娘は突然、両親や家のことを思い出し、もとの世界を訪ねるが、すでに家はなく、あたりの様子もすっかり変わっている。人間の世界ではすでに100年もの歳月が過ぎていたのだ。

妖精の世界と人間の世界との時間の差はアトリーの心をつねに捉えていたらしく、同様のテーマを彼女はくり返し使っている。「子どもと妖精」("The Child and the Fairy".『カッコウ、チェリー・ツリー』所収）では、子どもたちが、木の下でままごと遊びをする美しい少女に会う。彼女は、やはり100年ちかくまえに妖精の世界に行った少女で、子どもたちと話すうちに家族のことを思い出して、真珠の涙を流すが、すぐにその悲しみを忘れてしまう。妖精には悲しみという感情はないのである。同様に、妖精と結婚したポリーも、夫のもとに帰り、妖精の飲み物を飲んで、悲しみを忘れることができる。

また、「ひとりぼっちの乙女」("The Lone Maid".『ジョン・バーリコーン』所収）で、クロウタドリの歌に誘われ、鳥になって飛んでいった乳搾りの娘は、夢から覚めて、もとの世界に戻り、恋人の墓と、その隣にある自分のための碑を発見する。すっかり年をとって疲れきった彼女は、その2つの墓石のまえに倒れて死ぬ。

このような時間の差にもかかわらず、妖精の世界からもとの自

分の世界、もとの時間に戻ってくる娘もいる。「カウスリップの乙女」("Cowslip-Maid".『カッコウ、チェリー・ツリー』所収)では、花の酒をつくるために野原でカウスリップ(キバナノクリンザクラ)を集めていた娘、ジリアンが妖精の館へ誘い込まれる。そこで何年か過ごした後、彼女は、時の紡ぎ車で運命の糸を紡ぐ老女に時間を逆戻りさせてもらい、両親や、自分を慕う食料品店の若者のところに戻ってくる。

　これらの物語で語られているのは、主人公である若い娘の選択である。「妖精の花嫁ポリー」の主人公は、荷車を引く馬を乱暴に鞭打つパン屋の若者より、優しい妖精を選ぶ。「ひとりぼっちの乙女」では、娘は猟番のディックに求愛されているが、確信が持てないでいる。そのため彼女は、「おまえを本当に愛するものについておいで」("follow after your sweetheart true")というクロウタドリの呼び声を聞いて、「私には本当の恋人なんていないわ。猟番のディックは私と付き合っているけれど」("I have no true sweetheart, though Dick the gamekeeper is going with me")と言って、鳥について行ってしまう (*John Barleycorn,* p.109)。それにたいし、「カウスリップの乙女」のジリアンは、妖精のもとを去って、素朴な食料品店の若者を選ぶ。

　　「カウスリップの乙女！カウスリップの乙女」と妖精の声が甲高く、小鳥の声のようにはっきりと響きました。
　　「あのツグミの声を聴いてごらんよ。あれが聞こえるかい、ジリアン。なんて言っているのだろう。」
　ジリアンはそれを聞き、ちょっとの間、彼女はまたガラスの館とそこに住む妖精を見ました。それから彼女は傍にいる若者の方に向き直りました。彼の青い目は彼女に注がれて、そばかすのある田舎の人間らしい顔は、彼女の顔を見上げていました。

"Cowslip-Maid! Cowslip-Maid!" rang an elfin voice, high and shrill and clear as a bird's.
　"Hark to that thrush! Do 'ee hear it, Gillian? What does it say?"
　Gillian heard it, and for a moment she saw again the glassy palace, and the fairy host. Then she turned to the young man at her side. His blue eyes were upon her, his freckled country face was lifted to hers.　　　（*Cuckoo Cherry-Tree*, p. 71）

　「風に愛された娘」("The Girl whom the Wind Loved".『くつなおしの店』初出）では、もっとはっきりと、主人公は選択を迫られる。祖母に死なれ孤独に暮らす娘は、夜毎、風に抱かれて大空を駈け、過去や未来、遠い国々を旅する。彼女を愛する農場の息子は、彼女を連れて丘に登り、風と対決する。風はそれまでの優しい態度を捨て、激しく大きな声で娘に選択を迫る。娘は結局、不死の身となって世界中を見るという永遠の至福よりも、田舎家に住み、働いて、子どもたちを育てる、涙も喜びもある地上の愛を選ぶ。
　このような妖精や自然の精による求愛は、日常生活を越えた外の世界にたいする若い娘たちの憧れを表している。そして、その憧れに身を委ねるか、日常の世界に留まるかの選択は、彼女たち自身にかかっている。アトリーのフェアリー・テイルにみられるさまざまな選択は、作者自身の憧れと身近なものにたいする愛着の両方を表しているといえよう。
　アトリーのフェアリー・テイルでは、世界中を吹き巡り、時間さえも自由に旅することができる風だけではなく、ジプシーや鋳掛け屋、香料売りの老婆のように、外の世界を旅する者たちはすべて、なにか魔法の力を持ったものとして描かれている。田舎の村に住む子どもたちには、遠い外の世界から来る者たちが、そのような存在として感じられたのであろう。

「木こりの娘」──昔話の世界

　アトリーはさまざまな昔話や民話の要素を取り込んで、自由に物語を作っている。それがもっとも顕著に現れているのが、「木こりの娘」（"The Woodcutter's Daughter"、『ジョン・バーリコーン』所収）だろう。人里離れた森のなかに住む木こり夫婦にようやく生まれたひとり娘は、チェリー・ブロッサム（桜の花）と名づけられる。ロマンティックな気質の父親と実際的な母親のあいだで育てられたチェリーは、森のなかを通って村の学校に通い、夜は父親の語る妖精や竜の物語に耳を傾ける。

　学校を出ても家を離れず、仕立物をして生活費を得るようになったチェリーは、夜遅くまで仕事をして、暖炉の炎のなかに金色の城や塔を見る。そして、炎のなかから現れた金色のクマに水と食べ物を与え、さらにクマの求めに応じて、チェリーは森の空き地でイラクサを集め、それを縫い合わせて上着を作る。次にクマがチェリーに求めたのは、桜の花で彼女自身のためのドレスを作ることだった。町からの帰り、夜の森で、狩人たちに追われ傷ついた金色のクマを助けたチェリーが、クマに言われるままにイラクサの上着を火にくべると、それは銀の鎖帷子になる。さらに桜の花のドレスを火に投じると、純白の花嫁衣裳になり、それと同時に、廃墟となっていた城も甦る。クマは何百年もまえに魔法にかけられ、助けを待ち続けていたのだ。

　ここでは、他の物語のように、娘が選択を迫られることはなく、ごく自然にクマの求めに応じ、彼の魔法を解いているようにみえる。選択をしたのは、遠い昔、イラクサの衣を編んでくれという声を聞きながらも、そうしなかった、彼女の祖母であろう。主人公の名前チェリー・ブロッサムも、彼女が子どものときに父親から聞いたいろいろな物語も、祖母の選択も、すべてが完全なハッピー・エンディングを用意するものとなっている。この物語の最後で、魔法から解放された若者はチェリーに、彼女の両親を迎えに行こうという。妖精や自然の精と結婚した娘たちと違って、チ

ェリーは家族から引き離されることはないのである。

　アトリーは、子どものころに聞いたり読んだりした物語をすべて、自分の身近な場所で起こったこととして受け入れたという。この物語は、アトリーの想像力を通して濾過された、さまざまな要素が結びついて、出来上がっている。チェリーはアトリー自身であり、物語を聞かせる父親はアトリーの父ヘンリーである。そして、チェリーがイラクサの衣を縫うところは、魔法で白鳥にされた兄たちを救うために、女主人公がイラクサでシャツを編む、アンデルセンの「野の白鳥」を連想させる。また、魔法にかけられたクマが娘に助けられる話、そして「野の白鳥」のもとになったと思われる話も、『グリム童話集』に見ることができる。さらに、炎のなかにさまざまな絵を見るところはディケンズ（Charles Dickens, 1812-70）の『我らが共通の友』（*Our Mutual Friend*, 1864-65）の女主人公のひとりを連想させる。『農夫の時計』（*Plowmen's Clocks*, 1952）に収められたエッセイ、「火」（"Fire"）では、アトリー自身も台所の火のなかに柱やホールのある城を見たと書かれており、火を黄金色の雄ジカや鎖に繋がれた黄金色のクマに喩えているところもある。彼女は、本で読んだことと自分自身の想像を結びつけて物語を作り上げているのだろう。

　アトリーがフェアリー・テイルを精力的に発表し続けたのは1950年の『くつなおしの店』までで、その後、選集『ポケットのなかの魔法』を挟んで出版された2冊のフェアリー・テイル集、『なんでも屋の小さなナイフ』（*The Little Knife Who Did All the Work : Twelve Tales of Magic*, 1962）と『ラベンダーのくつ』（*Lavender Shoes : Eight Tales of Enchantment*, 1970）は、執筆及び出版にかなりの苦労が伴ったようである。しかし、1932年に出版した『月光と魔法』以来、内容にも大きな変化はなく、同じ主題がたびたび繰り返されているにもかかわらず、マンネリに陥ることなくそれぞれの物語が新鮮な魅力を持っているのは、驚くべきことである。

フェアリー・テイルにおけるアトリーの文体は平易で親しみやすく、また、詩的である。内容は多岐にわたり、非常にはっきりした物語性のあるものや、自然の情景をそのまま切り取ったようなほのぼのとしたものなどが交じり合っている。彼女は昔話や伝説のほか、身の回りの自然、生き物だけでなく、家具や食器にいたるまで、あらゆるものから着想を得ている。アトリーが描こうとしたのは、なにげない日常生活のなかに隠れている魔法である。そして彼女は、自然のなかで暮らした幼い日々に見つけた魔法を、物語のなかに再現し続けたのである。

III

作品鑑賞

Alison Uttley

Tim Rabbit Flies a Kite

Tim Rabbit started off for a run one morning, but he had not gone far when a sharp gust nearly lifted him off his feet. He was so surprised he looked round to see who had buffeted him, but he saw nobody. He laid his ears flat, and crouched low on the ground, putting a paw up to his face, for he was very much afraid his whiskers had blown away. They were still there, twitching up and down, and Tim took a little breath, muttering, "I think I flew, I really think I did."

Then he crept along, keeping low down in the waving grass. He had never been in a fierce gale before, and he was astonished to see the great sturdy oaks tossing their heads, and the firs bowing to the wind. The water in the pond was ruffled with waves, like stormy sea. Birds battled with the air, rooks and starlings, and wildly screaming swifts[1].

He crawled through a hedge and sat under the shade of a thorn, staring up at the sky and listening to the moan of the wind in the telegraph wires. Suddenly he saw a great bird, a coloured monster of a bird[2], blue and yellow. It flew up into the grey clouds, and swooped down again to the earth.

From *The Adventures of No Ordinary Rabbit* by Alison Uttley
Copyright ©1937 by Faber and Faber, 1937
Reprinted in English by permission of The Society of Authors on behalf of The Alison Uttley Literary Property Trust, London, through Tuttle-Mori Agency, Inc., Tokyo

この短編はティム・ラビットのシリーズ最初の本、『特別なウサギの冒険』から採ったものである。主人公の子ウサギ、ティムの、つねに新しいものに挑戦する態度と、頭の回転の良さがよく出ている。

1   the great sturdy oaks ... swifts   激しい風に煽られた木々や波立つ池の描写には、架空のお話のなかにもリアルな自然を描く、アトリー得意の手法が見られる。

2   a coloured monster of a bird   「派手な色をした怪物のように大きい鳥」

"Is it an eagle come to carry me off, or is it a Polly Parrot[3] flown here from Africky[4]!" he asked himself, nervously.

"It's an ill wind that blows nobody good[5]," said a voice at his side, and Tim sprang round. A magpie[6] had flown down from the trees, and sat fluttering its wings like a bright fan.

"How you startled me!" exclaimed Tim. "What's that bird?"

"It's not a bird at all, silly-billy[7]. It's a kite," said the magpie.

"A kite is a bird[8]," said Tim. "I learned that at school from Old Jonathan[9]. He said 'Beware of Kites and Hawks and Falcons.'"

"This isn't that kind of kite. It is perfectly harmless, a thing of shreds and scraps[10]. Can't you see Johnny Tatters at the end of it?[11]" returned the magpie.

Tim could now see a little boy in torn trousers running down the field, holding tightly to the string of the kite, which seemed to be pulling him along.

"Can he fly, too?" asked Tim.

"Oh, no! Boys can't fly, nor cows, nor rabbits, nor such common objects. Only birds and kites and aeroplanes fly," and

---

3　Polly Parrot　PollまたはPollyはオウムのの名前によく使われる。
4　Africky = Africa
5　It's an ill wind that blows nobody good「誰の得にもならない風は悪い風だ」「損をする者があれば反面かならず得をするものがいる」という意味の諺。ここではまさに、ティムを怯えさせる強い風が凧上げには好都合である。
6　magpie「カササギ」羽の一部と腹が白く、他は緑がかった黒で、とてもくっきりした色の鳥。体長45センチくらい。やたらガラクタを集める癖がある。この本でも、「ティム・ラビットの窓」("Tim Rabbit's Window")で3羽のカササギが、ティムが見つけた眼鏡のレンズを横取りしてしまう。
7　silly-billy「お馬鹿さん」同じ母音を繰り返す言葉遊びになっている。
8　A kite is a bird　凧もトンビも英語では"kite"。
9　Old Jonathan「ジョナサン先生」本書中の「ティム・ラビットの悪い日」("Tim Rabbit's Bad Day")に登場する、ウサギの学校の先生。
10　a thing of shreds and scraps「(紙や木の)切れ端でできているもの」
11　Can't you see ... at the end of it?「凧の(糸の)端を持っているジョニー・タターズが見えないのかい?」tattersは「ボロ着」の意味なので、この名前は彼の身なりを表している。

the magpie tossed its head, chuckled, and then rose in the air with a sweep of its strong lovely wings, before Tim could ask any more questions

Tim sat a few minutes watching Johnny Tatters and his kite.

"I should like a kite, so that I could send it right up in the air, higher than the birds," said Tim wistfully, as Johnny raced over the field, little legs twinkling, ragged trousers flapping[12]. Then Tim sprang up with a sudden thought and ran home to his mother.

"Mother! May I have a kite to fly?" he asked, as he whirled into the cottage, his hair on end with the blowing wind.

"What's that? A kite?" exclaimed astonished Mrs Rabbit, leaning on her little brush of heather[13] with which she was sweeping the floor.

"Yes, a kite. Not a hawk, but a kite with a string, and you pull it, and it flies high in the air, and hurts nobody[14]," said Tim, breathlessly.

"Rabbits don't fly kites[15]," said Mrs Rabbit, slowly. "They run in the fields when they are little, and learn the ways of animals and the smells and sounds of the world. They don't fly kites."

"Why not?" asked Tim. "Boys have them."

"Boys should be seen and not heard, but rabbits should be

12　**little legs twinkling, ragged trousers flapping**　「小さな足をちょこちょこと早く動かし、ボロボロのズボンをはためかせて」

13　**heather** ＝ heath　「ヒース」ヒースは、エリカ属の植物。紫や淡紅色の、鐘状の小花を付ける。枝は針金のように細く丈夫なので、母さんウサギが箒として使っている。

14　**Not a hawk … hurts nobody**　「タカのトンビじゃなくて、糸のついた凧なんだ。そして、(糸で)引っ張ると、空高く飛ぶんだよ。そして、(トンビと違って) 誰も傷つけたりしないんだ。」トンビはタカ科の鳥なので、こう言っている。

15　**Rabbits don't fly kites**　母さんウサギはいつもこのように、ティムにウサギの常識を教えようとする。

neither seen nor heard,[16]" said Mrs Rabbit, wisely.

Tim hopped sadly away. He wanted a kite more than anything else, and, as he was a persevering little rabbit, and not an ordinary rabbit[17], he determined to make one[18]——for why shouldn't he be the first rabbit to fly a kite?

He gathered the long leaves from a sweet chestnut-tree, half a dozen of them, for they were the longest leaves he knew. He made a frame of willow twigs, and bound it with straw, and fastened the leaves to it. As he worked he sang a little song which came humming into his head[19]:

　　"If I had a kite
　　I think that I might
　　　　Fly over the field like a feather.
　　I would sail to the sky
　　And ask the sun why
　　　　We have so much windy weather."

He made a string of knotted green rushes from the marshy side of the common, and carried his kite to the field. Twenty little rabbits went with him to see it fly, but when Tim ran, tugging at the string, as he had seen Johnny Tatters do, the kite only flopped along the ground after him, like a bird with a broken wing.

Whatever could be the matter?

16　**Boys should . . . nor heard**　「子どもは大人のまえでは、黙っておとなしくしていなくてはならないけれど、ウサギは（人間に）姿も見られず、音も聞かれないようにしなくてはならないのよ。」人間の子どもを躾けるときの言葉を利用して、ウサギの心得を説いている。
17　**not an ordinary rabbit**　「普通のウサギではない（＝特別なウサギ）」本のタイトルに見られるように、「特別なうさぎ」（"no ordinary rabbit"）はティムの代名詞となっている。
18　**one** ＝ a kite
19　**he sang a little song which came humming into his head**　「彼は頭のなかにハミングで浮かんできた歌を歌った」ティムは第4話「ティム・ラビットとイタチ」でおたふく風邪にかかったイタチたちをからかう歌を歌っているのをはじめとして、作品中でしばしば即興の歌を歌う。

"Rabbits don't fly kites," said Mrs Rabbit, as she watched her little son from the door of the burrow. "I told him so, but he wouldn't be told[20]." She shook her head and went inside.

"Ha! Ha! Where's its tail? How would you like to have no tail, Tim Rabbit?" mocked a shrill voice, and the magpie came swooping down to poor Tim.

"Do kites have tails?" he asked, astonished, and all the little rabbits opened wide their eyes.

"Of course they do! Put a tail on it, and then it will sail away," laughed the magpie, flying off without giving any more advice.

A tail![21] Where could Tim find a tail? Not a single one of the twenty rabbits offered his fluffy white tail, and no fieldmouse[22] would part with his. In fact, all the little rabbits hurried home when they heard what was wanted——they did not like a kite which must have a tail.

Lambs' tails, horses' tails, cows' tails——Tim was sure he couldn't get one.

Just then he notices something waving in the tall elm-tree at the bottom of the field. He looked again. Yes, it was the blue-and-yellow kite, fast in the branches, and there was little Johnny Tatters walking home to the cottage in the hollow, his head bent, his shoulders shaking with sobs, for he had lost his toy. So boys couldn't always fly kites, either!

Tim ran off to Miss Squirrel, who had helped him in many a difficulty. He could see her in the nut-tree, tap-tapping and

---

20　**he wouldn't be told**「あの子は聴こうとしないんだから。」
21　**A tail!**　カササギの中途半端な忠告のせいで、ティムも仲間の子ウサギたちも、凧のしっぽと動物の尾を混同している。
22　**fieldmouse** = wood mouse　背中が黄色味がかった茶色で、体長は最高11センチくらい、尻尾の長さは最高11.5センチくらいの大きめのネズミ。森林や崖のほか、生垣や庭などにも生息する。

tasting, here and there[23].

"Miss Squirrel!" he called. "I don't suppose you could climb a really high tree![24]"

"Of course I could. I can climb every tree," said the squirrel, looking down at the small animal at the foot of the hedge[25].

"You couldn't climb an elm-tree, Miss Squirrel. It is so high, only magpies could reach the top."

"Certainly I can," exclaimed the squirrel. "I will show you."

She raced over the ground to the tall elm, and the rabbit ran after her.

"Throw the kite down from the top, and then I shall know you have been up," said the cunning rabbit.

Up the tall tree darted the red squirrel, through the bower of leaves to the heights. She loosened the kite and sent it fluttering down, and Tim walked round it, sniffing[26], poking it with his paws, looking at the knots and frame.

"Well," said the squirrel, as she swung to the ground[27]. "What do you think of that? Am I not a steeple-jack?[28]"

"You are as clever as the magpie and much nicer," said Tim. "I'll make a kite for you when I have finished my own." He stopped still and considered[29] her long bushy red tail.

"Could you spare your tail?" he asked, hesitatingly.

23　tap-tapping and tasting, here and there 「あちらこちらで、木の実をコツコツと歯に打ちつけたり、味をみたりしている」リスの忙しない動きがうまく表現されている。
24　I don't suppose … a really high tree!「あなたは、本当に高い木には登れっこないですよね。」すぐあとで「抜け目のないウサギ」("the cunning rabbit")と表現されるように、頭の回転が速く、生意気なところのあるティムは、リスを挑発して利用しようとしている。
25　the small animal at the foot of the hedge　木の上から見下ろしているリスから見ると、ティムが小さく見える。
26　sniffing　物の実体を知るために嗅いでみるところが、動物の特性をよく表している。
27　swung to the ground 「体を振って、勢いよく地面に跳び下りた」
28　Am I not a steeple-jack?「私は煙突修理工みたいに、高く登れるでしょう？」
29　considered = looked attentively at

"Certainly not!" exclaimed Miss Squirrel, indignantly hurrying back to her nut-tree, and as she went she muttered, "The very idea![30] What are these young creatures thinking of nowadays! My tail for his kite, I suppose!"

Tim stooped again over Johnny Tatters' kite. There was a tail of twisty papers. He tried to fly the kite, but it was too heavy, so he dragged it along and left it on a bank.

> "If I had a kite,
> I think that I might
> Fly over the fields like a feather,"

sang Tim.

"That's the very thing.[31] A feather. Lots of feathers!"

He raced off, hunting in the woods and fields, looking in old nests, round the haystacks of the farmyard, and in many odd places that rabbits know well. In the end he had collected quite an assortment of little feathers——a black one from a rook, a white one from a pigeon, a grey one from an owl, besides brown, speckled, spotted and striped feathers from the wren, the thrush, the farmyard cock and the magpie himself.

Then he went to the prickly bushes in the fields, the hawthorns[32], the gorse and furze[33]. There hung wisps of wool which the sheep had left as they struggled through bramble and briar. On barbed wire, on blackberry streamers[34] waved the little white bunches all beaded with dew. Tim Rabbit gathered them, grabbing them with his sharp teeth, bundling

---

30　**The very idea!**　「まったく、なんてことを言い出すやら！」
31　**That's the very thing.**　「それこそ、まさにぴったりのものだ。」
32　**hawthorn**　「サンザシ」名前からもわかるように、棘（thorn）がある。may treeとも言い、白またはピンク色の花を咲かせる木。生垣によく使われる。
33　**the gorse and furze**　「ハリエニシダ」棘のあるマメ科の低木。黄色い花をつける。gorseもfurzeも同じもの。
34　**blackberry streamers**　「ブラックベリーの小枝」ブラックベリーはキイチゴ属の、黒または黒紫の果実をつける低木。花は白または薄いピンク色。この木も棘があるので、「ブラックベリー摘みは、ちくちくする（prickly）作業である」と、野草のガイドブックに書かれている。

them into a ball.

Next he visited the trees and fences, where Old Brisk, the black mare, rubbed herself. The long shiny hairs from her tail were caught in the splinters[35] and knots of wood, visible only to the sharp eyes of a small animal. Tim Rabbit carried them off, too.

He twisted them into a long rope, light as air, tight as a wire. Then he slipped the feathers through it, knotting each one, so that he had a light tail which would catch the wind, and balance the kite. With a string of horse-hair, and a tail of little feathers, his kite was complete and when he ran down the hill, drawing it after him, the kite rose up, and up, sailing like a ship in the sky, its feathery tail floating below.

Over the meadows went the little green kite with a joyous rabbit at the end of it. Soon every little rabbit had a kite, and when they all moved together they looked like a cloud of floating green leaves, fluttering across the field. At least that is what Johnny Tatters thought he saw[36], but he was too busy flying his own kite, which had miraculously appeared on the daisy bank, so he had no time to look again at the chestnut-leaves which floated in such a strange manner.

"Rabbits ought to fly kites[37]," said Mrs Rabbit to her friend and neighbour, Mrs Hare. "It's good for their health. You should see my Timothy[38] get over the ground like a streak of greased lightning[39], when there is a strong wind blowing."

Tim didn't forget to make a kite for Miss Squirrel, and if you

---

35　splinters　「裂けてぎざぎざになったところ」
36　At least ... he saw　「すくなくとも、それが、ジョニー・タターズが見たと思ったものです。」
37　Rabbits ought to fly kites　ティムの成功を見て、母さんウサギがころっと意見を変えるところが面白い。
38　Timothy　ティムはティモシーの愛称。
39　like a streak of greased lightning　「ものすごい速さで」greased lightning とは「おそろしく速いもの」を表す口語表現だが、ただでさえ速い稲妻に油がさされて、もっと速くなったという意味か。

look at the top of the tall elm-tree, you may see something waving in the wind up there, flying towards the sun. It is Miss Squirrel's green kite, for she starts where everyone else ends[40], and sends her kite the highest of all.

40　she starts where everyone else ends　「他の者たちの凧が届く限界の高さからリスさんは凧を揚げ始める」

The Country Child
XI. December

December was a wonderful month. Jack Frost[1] painted ferns and tropical trees with starry skies over the windows, hidden behind the shutters to surprise Becky[2] when she came down in the morning.

"Look at the trees and stars he's made with his fingers," she called to Susam, who ran from the kitchen to the parlour, and into the south parlour and dairy to see the sights. It really was kind of him to take all that trouble, and she saw him, a tall thin man with pointed face and ears, running round the outside of the house, dipping his long fingers in a pointed bag to paint on the glass those delicate pictures[3].

From *The Country Child* by Alison Uttley
Copyright ©1931, by Jane Nissen Books, 2000
Reprinted in English by permission of The Society of Authors on behalf of The Alison Uttley Literary Property Trust, London, through Tuttle-Mori Agency, Inc., Tokyo

『農場にくらして』の11章「12月」の前半部分。クリスマスの1週間まえに大雪のなかで生まれたこともあって、アリソン・アトリーにとって、クリスマスは1年のうちでも特別なときだった。クリスマスを迎える農場でのさまざまな準備や、クリスマス・イヴの楽しい遊びが描かれていて、作品の魅力を知るのに格好の章である。スペースの関係で、後の半分以上をカットしたが、雰囲気は十分味わえるだろう。

1 Jack Frost　擬人化された霜、あるいは霜の精。アトリーのフェアリー・テイルにはたびたび登場する。とくに「氷の花たば」では、ジャック・フロストと結婚することになる主人公のローズが、ここにも見られる、窓ガラスに霜がつくる模様を、お屋敷の子どもたちの服に刺繍する。
2 hidden behind the shutters to surprise Becky　鎧戸を開けると、窓ガラスに霜が描いた絵が見えて（使用人の）ベッキーはびっくりする。
3 she saw him, ... those delicate pictures.　ここでスーザンはジャック・フロストの姿を具体的に想像しているが、このあとも、ベッキーの言葉から、さまざまな具体的イメージを喚起される。ここには、スーザンの子どもらしい想像力の働きが表現されている。

"Look at the feathers the Old Woman is dropping from the sky[4]," cried Becky, as she opened the door and looked out on a world of snow.

"They are not feathers, it's snow," explained Susan impatiently. Really Becky didnt know everything.

"And what is snow but feathers," returned Becky triumphantly. "It's the Old Woman plucking a goose."

Susan accepted it and gazed up to see the Old Woman, wide and spreading across the sky, with a goose as big as the world across her knees.

"Hark to the poor souls moaning[5]," Becky cried when the wind called sadly and piped through the cracks of the doors. "That's the poor dead souls, crying there," and she shivered whilst Susan stared out with grieved eyes, trying to pierce the air and see the shadowy forms wringing their hands and weeping for their lost firesides and warm blankets as they floated over the icy woods.

But at Christmas the wind ceased to moan. Snow lay thick on the fields and the woods cast blue shadows across it. The fir trees were like sparkling, gem-laden Christmas trees[6], the only ones Susan had ever seen. The orchard, with the lacy old boughs outlined with snow, was a grove of fairy[7] trees. The woods were enchanted, exquisite, the

---

4　**Look at the feathers the Old Woman is dropping from the sky**　ここでベッキーは、空でおばあさんがガチョウの羽を毟ると、それが雪になって地上に降るという、言い伝えを語っているが、『グリム童話集』の「ホレのおばさん」では、ホレのおばさんがベッドを整えるために羽根布団を振ると、羽が飛んで人間界に雪が降る。

5　**Hark to the poor souls moaning**　ここにも、風の音を死者の魂がうめいている声と考える民間伝承が見られる。hark「聴きなさい」という、古めかしい言葉も、この土地の方言として使われている。

6　**The fir trees were like sparkling, gem-laden Christmas trees**　「（樹氷をつけた）樅の木は、宝石で飾ったクリスマス・ツリーのように、きらきら輝いていた」

7　**fairy**　繊細で美しいものを表現するのにアトリーはこの形容詞を好んで使っている。

trees were holy, and anything harmful had shrunken to a thin wisp and had retreated into the depths.

The fields lay with their unevennesses gone and paths obliterated[8], smooth white slopes criss-crossed by black lines[9] running up to the woods. More than ever the farm seemed under a spell, like a toy in the forest, with little wooden animals and men; a brown horse led by a stiff little red-scarfed man to a yellow stable door; round, white, woolly sheep clustering round a blue trough of orange mangolds[10]; red cows drinking from a square, white trough, and returning to a painted cow-house.

Footprints were everywhere on the snow, rabbits and foxes, blackbirds, pheasants and partridges, trails of small paws, the mark of a brush, and the long feet of the cock pheasant and the tip-mark of his tail.

A jay flew out of the wood like a blue flashing diamond[11] and came to the grass-plot for bread. A robin[12] entered the house and hopped under the table while Susan sat very still and her father sprinkled crumbs on the floor.

Rats crouched outside the window, peeping out of the walls with gleaming eyes, seizing the birds' crumbs and scraps, and slowly lolloping back again.

8 　with their unevennesses gone and paths obliterated 「(雪で) 畑や牧草地の、でこぼこしたところが消え、小道は見えなくなって」
9 　criss-crossed by black lines 「(畑や牧草地を区切る生垣や石垣の) 黒い筋が縦横に走っている」
10 　mangolds 「飼料用甜菜 (サトウダイコン)」
11 　A jay ... diamond　jay は「カケス」。カラスの一種で、森林に住む。全体的な色は茶色がかったピンク色だが、頭と翼に黒と白の模様がある。また翼には青い目立つ部分 (flash) があるので、そこから「青いダイヤモンドがぴかっときらめくように」("like a blue flashing diamond") と表現されているのだろう。
12 　robin 「コマドリ」人懐っこく、知能の高い鳥で、特定の家や家族に馴染んで、よく訪れることがある。ここでも、この農場に馴染んでいるのだろう。

Red squirrels[13] ran along the walls to the back door, close to the window to eat the crumbs on the bench where the milk cans froze. Every wild animal felt that a truce had come with the snow, and they visited the house where there was food in plenty, and sat with paws uplifted and noses twitching.

For the granaries were full, it had been a prosperous year, and there was food for everyone. Not like the year before when there was so little hay that Tom[14] had to buy a stack in February. Three large haystacks as big as houses stood in the stack-yard, thatched evenly and straight by Job Fletcher[15], who was the best thatcher for many a mile. Great mounds showed where the roots were buried[16]. The brick-lined[17] pit was filled with grains and in the barns were stores of corn.

The old brew-house[18] was full of logs of wood, piled high against the walls, cut from trees which the wind had blown down. The coal-house with its strong ivied walls, part of the old fortress[19], had been stored with coal brought many

---

13　red squirrels　イングランド中でみられる灰色リスにくらべ、優雅で可愛いため、絵本やカードによく使われる。「グレイ・ラビット」に出てくるスキレルも、ポターの『りすのナトキンのおはなし』のリスたちも、この赤みがかった茶色のリスたちである。
14　Tom　主人公スーザンの父親、トム・ガーランド。
15　thatched evenly and straight by Job Fletcher　干草の山に屋根を葺く作業は、『農場にくらして』の最終章に書かれている。エッセイ集『6月のカッコウ』(Cuckoo in June, 1978)の挿絵をみると、屋根を葺いた干草の山は、まるで、ずんぐりした小さな家のように見える。
16　where the roots were buried　「根菜類を（保存するため地面に）埋めてある場所」
17　brick-lined　「レンガで内側を覆った」
18　the old brew-house　「醸造小屋」昔、自家用ビールを作っていた小屋。
19　part of old fortress　2章で、ここにサクソン人の野営地があったと考えられている、と書かれている。この本ではウィンディストーン・ホール農場という名になっているが、本当の名前がキャッスル・トップ農場であることからも、それが伺える。

a mile in the blaze of summer; twenty tons lay under the snow.

On the kitchen walls hung the sides of bacon[20] and from hooks in the ceiling dangled great hams and shoulders. Bunches of onions were twisted in the pantry and barn, and an empty cow-house was stored with potatoes for immediate use.

The floor of the apple chamber[21] was covered with apples, rosy apples, little yellow ones, like cowslip balls[22], wizenedy[23] apples with withered, wrinkled cheeks, fat, well-fed, smooth-faced apples, and immense green cookers[24], pointed like a house, which would burst in the oven and pour out a thick cream of the very essence of apples.

Even the cheese chamber had its cheeses this year[25], for there had been too much milk for the milkman[26], and the cheese presses[27] had been put into use again. Some of them were Christmas cheese, with layers of sage running through the middles like green ribbons.

Stone jars like those in which the forty thieves hid[28] stood on the pantry floor, filled with white lard, and balls of fat

---

20　sides of bacon　脇腹肉のベーコン。
21　the apple chamber　「リンゴ部屋」2章で、寝室のひとつをリンゴ部屋にしている、と書かれている。cf. the cheese chamber
22　cowslip balls　カウスリップ（キバナノクリンザクラ）を編んで玉のようにしたもの。アトリーの作品にはよく出てくる。
23　wizenedy ＝ wizened
24　green cookers　「料理用の青りんご」これはおそらく、主要な料理用のリンゴで大きくて青い、ブラムリー（Bramley）という種類だろうか。
25　Even the cheese chamber had its cheese this year　やはり2章で、今では牛乳をほとんど鉄道で町に送るので、チーズを作らなくなり、チーズ部屋にはチーズを置いた跡が残っているだけだ、と書かれている。
26　the milkman　「牛乳業者」
27　the cheese presses　「チーズ圧搾機」チーズを作るための凝乳を圧搾して水気をとるための器械。
28　Stone jars like those in which the forty thieves hid　『アラビアン・ナイト』の「アリババと40人の盗賊」を連想している。

tied up in bladders[29] hung from the hooks. Along the broad shelves round the walls were pots of jam, blackberry and apple, from the woods and orchard, Victoria plum from the trees on house and barn, black currant from the garden, and red currant jelly, damson cheese[30] from the half-wild ancient trees which grew everywhere, leaning over walls, dropping their blue fruit on paths and walls, in pigsty and orchard, in field and water trough, so that Susan thought they were wild as hips and haws.

Pickles and spices filled old brown pots decorated with crosses and flowers, like the pitchers and crocks of Will Shakespeare's[31] time.

In the little dark wine chamber under the stairs were bottles of elderberry wine[32], purple, thick, and sweet, and golden cowslip wine[33], and hot ginger[34], some of them many years old, waiting for the winter festivities.

There were dishes piled with mince pies[35] on the shelves of the larder, and a row of plum puddings[36] with their white calico caps, and strings of sausages, and round pats of but-

---

29　bladders　豚または牛の膀胱は昔から、膨らませて、物を入れる袋、その他の用途に使われた。風船や浮き袋にもなった。cf. *Little House in the Big Woods* by Laura Ingalls Wilder.
30　damson cheese　インシチチアスモモを砂糖漬にして固めたもの。
31　Will Shakespeare ＝ William Shakespeare（1564-1616）
32　elderberry wine　ニワトコの赤（黒）紫色の実で作った酒。ニワトコの花もワインの材料になる。
33　golden cowslip wine　カウスリップの花を摘んで、黄色のカウスリップ・ワインを作る作業は、15章「春」に詳しく書かれている。
34　hot ginger　「ぴりっと辛いジンジャー・エール」
35　mince pies　クリスマスに食べる小型の丸いパイで、干しブドウ、リンゴなど種々の乾燥果実を刻んで香料、砂糖、スエット（suet）などを混ぜたものを入れる。
36　plum pudding ＝ Christmas pudding　刻んだスエット（牛脂）、干しブドウ、砂糖漬け果実皮、小麦粉、パン粉、黒砂糖、卵、香辛料、ブランデーなどを混ぜてよく練り、プディング型につめて蒸し、あるいは茹でたもの。伝統的なやり方では、布に包んで茹でた。

ter, with swans and cows and wheat-ears printed upon them.

Everyone who called at the farm had to eat and drink at Christmastide.

A few days before Christmas Tom Garland and Dan[37] took a bill-hook and knife and went into the woods to cut branches of scarlet-berried holly. They tied them together with ropes and dragged them down over the fields, to the barn[38]. Tom cut a bough of mistletoe[39] from the ancient hollow hawthorn which leaned over the wall by the orchard, and thick clumps of dark-berried ivy from the walls.

Indoors Mrs. Garland and Susan and Becky polished and rubbed and cleaned the furniture and brasses, so that everything glowed and glittered. They decorated every room, from the kitchen where every luster jug had its sprig in its mouth, every brass candlestick had its chaplet, every copper saucepan and preserving-pan[40] had its wreath of shining berries and leaves, through the hall, which was a bower of green, to the two parlours which were festooned and hung with holly and boughs of fir, and ivy berries dipped in red raddle[41], left over from sheep marking.

Holly decked every picture and ornament. Sprays hung over the bacon and twisted round the hams and herb bunches. The clock carried a crown on his head[42], and every dish-cover[43] had a little sprig. Susan kept an eye on the lonely

---

37 Dan　農場の使用人。
38 to the barn　ヒイラギはクリスマス・イヴまでは家に入れないことになっているので、納屋に運び込む。
39 mistletoe　「ヤドリギ」常緑で、高さ1メートルくらいの樹上寄生低木。冬に白い実をつけ、クリスマスの飾りに使われる。
40 preserving-pan　ジャムを作るための大鍋。
41 raddle　羊に所有者の印をつけるのに使われる、代赭石の赤い顔料。
42 The clock carried a crown on his head　「時計は頭の上にヒイラギの輪を載せていた」
43 dish-cover　料理を温かく保つため皿にかぶせる、金属または陶器の覆い。

forgotten humble things, the jelly moulds and colanders and nutmeg-graters, and made them happy with glossy leaves. Everything seemed to speak[44], to ask for its morsel of greenery, and she tried to leave out nothing.

On Christmas Eve fires blazed in the kitchen and parlour and even in the bedrooms. Becky ran from room to room with the red-hot salamander[45] which she stuck between the bars to make a blaze, and Margaret[46] took the copper warming-pan[47] filled with glowing cinders from the kitchen fire and rubbed it between the sheets of all the beds. Susan had come down to her cosy tiny room[48] with thick curtains at the window, and a fire in the big fireplace. Flames roared up the chimneys as Dan carried in the logs and Becky piled them on the blaze. The wind came back and tried to get in, howling at the key-holes, but all the shutters were cottered[49] and the doors shut. The horses and mares stood in the stables, warm and happy, with nodding heads. The cows slept in the cow-houses, the sheep in the open sheds. Only Rover[50] stood at the door of his kennel, staring up at the

---

44 **Everything seemed to speak** 家具や食器が口を利くように思うのはスーザンの想像力の特徴である。

45 **salamander**「火付け棒」田舎の言葉を紹介したエッセイで、アトリーはこれについて、次のように説明している。"A salamander was the long iron which was plunged in the fire till it was red-hot and carried to light other fires."(*Country Hoard*, p.128) サラマンダーとは、火のなかに住むと考えられた伝説上の動物なので、火のなかで真っ赤に焼かれる鉄棒にこの名がつけられたのだろう。

46 **Margaret** = Mrs. Garland　スーザンの母。

47 **warming-pan**　長い柄のついた金属製のベッド暖め器。なかに熱く焼けた石炭を入れる。

48 **Susan had come down to her cosy tiny room**　スーザンの寝室は屋根裏部屋だが、冬の間は、暖かい下の部屋が彼女の寝室となる。

49 **cottered**「閂で留めた」cf. "Susan slipped the cotter into the bolt."(*The Farm on the Hill*, p.222)

50 **Rover**　飼い犬の名前

sky, howling to the dog in the moon[51], and then he, too, turned and lay down in his straw.

In the middle of the kitchen ceiling there hung the kissing-bunch[52], the best and brightest pieces of holly made in the shape of a large ball which dangled from the hook. Silver and gilt drops[53], crimson bells, blue glass trumpets, bright oranges and red polished apples, peeped and glittered through the glossy leaves. Little flags of all nations, but chiefly Turkish for some unknown reason, stuck out like quills on a hedgehog. The lamp hung near, and every little berry, every leaf, every pretty ball and apple had a tiny yellow flame reflected in its heart.

Twisted candles hung down, yellow, red, and blue, unlighted but gay, and on either side was a string of paper lanterns.

Margaret climbed on a stool and nailed on the wall the Christmas texts, "God bless our Home", "God is Love", "Peace be on this House", "A Happy Christmas and a Bright New Year".

Scarlet-breasted robins, holly, mistletoe and gay flowers decorated them, and the letters were red and blue on a black ground. Never had Susan seen such lovely pictures, she thought, as she strained up[54] and counted the number of letters in each text to see which was the luckiest one.

Joshua[55] sat by the fire, warming his old wrinkled hands,

51　the dog in the moon　月に住む男が犬を連れていると考えられていた。9章の「月光」では、月の男は日曜日に働いたので、犬も一緒に月へ連れて行かれた、という言い伝えが語られている。

52　kissing-bunch　この段落がすべてkissing-bunchの描写になっているが、別の本では次のような簡潔な説明もある。「キッシング・バンチは、リンゴやオレンジ、リボン、旗で飾った、ヒイラギの丸い束で、その下でキスをする。」(Carts and Candlesticks, p.145) クリスマスにヤドリギの下でキスをする風習の方がよく知られている。

53　silver and gilt drops　「金色や銀色の飾り玉」

54　strained up　「背伸びした」

55　Joshua　ジョシュア・タバナー。農場の手伝いをしている老人。

and stooping forward to stir the mugs of mulled ale which warmed on the hob. The annual Christmas game was about to begin, but he was too old to join in it, and he watched with laughing eyes, and cracked a joke with anyone who would listen.

Margaret fetched a mask from the hall, a pink face with small slits for eyes through which no-one could see. Then Becky put it on Dan's stout red face and took him to the end of the room, with his back to the others. Susan bobbed up and down with excitement and a tiny queer feeling that it wasn't Dan but somebody else, a stranger who had slipped in with the wind, or a ghost that had come out of the cob-webbed interior of the clock to join in the fun[56]. She never quite liked it, but she would not have missed the excitement for anything.

Dan stood with his head nearly touching the low ceiling. His hair brushed against bunches of thyme and sage, and he scratched his face against the kissing-bunch, to Joshua's immense satisfaction and glee[57].

Becky and Susan and Margaret stood with their backs to the fire, and Tom lay back on the settle to see fair play.

"Jack, Jack, your supper's ready,"[58] they called in chorus, chuckling and laughing to each other.

"Where's the spoon?" asked Dan, holding out his hands.

"Look all round the room," they cried gleefully.

"Can't see it," exclaimed Dan as he twisted his neck round to the shuttered windows, up to the kissing-bunch, and

---

56　a tiny queer feeling ... in the fun.　スーザンの想像力が恐怖心を掻き立てるところは、作品中にしばしばみられる。

57　to Joshua's immense satisfaction and glee　「ジョシュアがとても満足して、大喜びしたことには」

58　"Jack, Jack, your supper's ready."　ここから "Then catch them all by the hair of the head!" までは、クリスマスに「目隠し鬼」("Blind Man's Buff") をするときの伝統的な掛け合い言葉。女主人と鬼役のジャックの掛け合いになっている。

down to the floor.

"Look on top of All Saints' Church," they sang.

Dan turned his mask up to the ceiling.

"Lump of lead," he solemnly replied.

"Then catch them all by the hair of the head![59]" they shrieked, running and shouting with laughter.

Dan chased after them, tumbling over stools, catching the clock, hitting the row of coloured lanterns, pricking his neck[60], and walking into[61] doors, cupboards and dressers.

Susan ran, half afraid, but wholly happy, except when the pink mask came too near and the sightless eyes turned towards her, when she could'nt help giving a scream. Joshua warded him away from the flames, and Tom kept him from upsetting the brass and copper vessels which gleamed like fires under the ceiling.

Susan was caught by her hair and she became Jack. Now she put on the strange-smelling mask, and with it she became another person, bold, bad, fearless[62].

So it went on, the old country game, whilst Margaret kept stopping to peep in the oven at the mince pies and roast potatoes.

---

59 Then catch them all by the hair of the head! 「それじゃあ、髪の毛をひっつかんで、みんな捕まえろ！」
60 prick his neck 「(キッシング・バンチや、あちこちに飾ってあるヒイラギの葉で) 首をちくっと刺される」
61 walk into ~ 「~にぶつかる」
62 with it... fearless 「仮面をかぶると、彼女は大胆で悪い、恐れを知らない別の人間になったような気がした」

A Traveller in Time
5. Francis Babington

　I left the room and went unsteadily and sadly down the twisted back staircase which led through the passage to the kitchen. I sidled past the door before Dame Cicely[1] noticed me and went along the stone passage to the dairy[2], for that was a room I knew very well. I put my finger through the same thumb-hole[3] I had always used and lifted the latch. There was the familiar ice-cold chamber with sanded

---

From *A Traveller in Time* by Alison Uttley
Copyright ©1939, by Puffin Books, 1977
Reprinted in English by permission of The Society of Authors on behalf of The Alison Uttley Literary Property Trust,
London, through Tuttle−Mori Agency, Inc., Tokyo

　主人公ペネロピが、エリザベス朝のサッカーズへ2回目の本格的時間移動を経験しているところ。この章の始めで彼女が悲しい気持ちでいるのは、彼女がこの館の主人、アンソニー・バビントンと会ってきたばかりで、彼自身と彼が助けようとしているスコットランド女王メアリー・スチュアートの悲劇的な運命が、彼女の心に掛かっているためである。この章で彼女はアンソニーの弟、フランシスに会う。彼らはサッカーズに対する強い愛着とメアリー・スチュアートにたいする思いを共有し、お互いに惹かれあう。ここでは、アンソニーをとりまく状況が説明され、フランシスとペネロピを通じて、作者自身の土地への愛着が表現されている。また、掃除をする老婆や庭師の姿には、時を越えて変わらずに続く、普通の人々の営みが見られる。彼らの言葉が現代のダービシャーの方言とほとんど同じであることも、土地と人々の普遍性を示している。2つの時間の間で揺れ動く主人公の不安な気持ちも表されていて、『時の旅人』の主要な要素が凝縮されている章だといえよう。

1　**Dame Cicelye**　エリザベス朝のサッカーズの召使頭。現代における主人公の大おばティシーおばさんと瓜二つである。Dameは主婦や年配の女性の名前につける尊称。
2　**dairy**　「乳酪室」牛乳を貯蔵し、バターやチーズを作る部屋。この部屋の描写はほとんど、アトリーの生まれた家キャッスル・トップ農場の乳酪室そのままである。
3　**the same thumb-hole**　「(現代のサッカーズにあるのと) 同じ扉の穴」そこから親指を差し込んで、内側にある掛け金を上げるようになっている。

benches[4] ranged round the walls and rough oak shelves unplaned and knotted[5], along the whitewashed walls. A tall wooden churn with an upright dasher for butter-making[6] stood on the floor and immense shallow bowls were set for cream[7]. I took the copper skimmer from the shelf and dipped it into a bowl, and sipped the thick yellow cream which was sweet as nuts. Then I wandered round staring at the utensils on the shelves, the wooden prints[8], one carved in the shape of a Tudor rose[9], and another with the Babington arms upon it. There were wooden bowls, some of them worm-eaten and cracked, others fitted with covers or lined with coarse linen ready for the table. There were sieves for the milk and pewter measures[10] shiny with use. Down on the floor was a tiny wooden bowl as big as a walnut-shell filled with cream, standing on a few fresh flowers. I stared at it, wondering, not daring to touch.

The door was pushed open very quietly and an old woman

---

4 sanded benches　キャッスル・トップ農場の乳酪室では、床もベンチも、この地方独特の黄色い砂岩で磨き、床石の継ぎ目は砂岩の砂で縁取りされ、ベンチの上にも砂が撒かれた。

5 unplaned and knotted　「かんなで滑らかに削っていないので、ごつごつした節がある」

6 A tall wooden churn with an upright dasher for butter-making　churnはバター製造用の攪乳器。筒型、縦型の容器で、穴のあいた木製円盤を取り付けた棒（dasher）で攪拌してバターを作る。

7 immense shallow bowls were set for cream　「クリームを取るための、浅い大きなボウルが置かれていた」搾った乳を浅いボウルに入れて1晩おくと、クリームが上に浮いてくる、それを穴のついた杓子で掬い取ると、スキムミルクが下に残る。

8 the wooden prints　バターの表面に模様をつけるための、木製の押し型。

9 Tudor rose　紅バラと白バラを組み合わせた紋章。イングランドの王位を巡ってランカスター家とヨーク家の間で戦われたバラ戦争（1455-85）が終結して始まったテューダー王家が、両家の徽章を組み合わせて紋章とした。

10 sieves for the milk and pewter measures　（搾りたての）牛乳を漉すための漉し器と、シロメ（錫と鉛の合金）製の、取っ手がついた深めの計量カップ。

entered with a bucket and mop. Her skirt was kilted[11], and she wore wooden shoes on her bare feet. She began to mop the floor and as she finished each flagstone she knelt down and bordered it with a rim of yellow sandstone[12].

'I knew you would do that,'[13] I said to her, and she looked up from her lowly position with a toothless smile[14].

'Aye. It's to make it purty, my dainty lass[15]. It's allays[16] done that way in this countryside of Darby. Foreigners don't do it up Lunnon[17]. Robin Goodfellow[18] likes to see the floor clean and purty when he comes to the dairy for his sup of cream.'

'And where does he have it?' I asked, but I had already guessed.

'There's his bowl left ready. We fills it every day and sometimes he do sip it[19], the elvish fellow, and sometimes he don't. But we leaves it allays, for he brings good luck to the

---

11 kilted 「たくし上げた」
12 bordered . . . sandstone 注4を参照。
13 'I knew you would do that' ペネロピは現代のサフォピの乳酪室で、掃除にきていたアップルヤード夫人が同じことをするのを見ているので、こう言っている。
14 she looked up from her lowly position with a toothless smile 「床に膝をついた低い位置から顔を上げて、歯のない口でにっこりした」
15 It's to make it purty, my dainty lass 「綺麗にするためだよ、可愛い娘さん」purty = pretty アップルヤード夫人も主人公の質問に'To make it purty, my dear'と答えているので、現代の方言がエリザベス朝の言葉と同じであることが分かる。
16 allays = always
17 Foreigners don't do it up Lunnon. 「ロンドンの人たちは、こんなことはやらないよ。」foreignersは「よその州や教区の人たち」の意味で使われている。Lunnon = London
18 Robin Goodfellow 悪戯好きだが、家の手伝いもしてくれる妖精。シェイクスピアの『真夏の夜の夢』にでてくる、悪戯者のパック（Puck）の別名。
19 We fills it . . . he do sip it We fills や he do sip などは、労働者の話し方の特徴を表していて、後に出てくる庭師アダムの話し方にも同様の例が見られる。

house. He sweeps out the houseplace[20] and minds the fire from danger, and fettles the horses in stable[21], and does many a thing. Fairies lives in country places same as this, but not in Lunnon nowadays. Not since a long time have they lived in Lunnon.[22] They all trooped back to the country where we looks after 'em.'

'How do they get in if the window is shut?' I asked, and I stooped over the pannikin on its posy of flowers.

'By the thumb-hole in the door, o' course. Now don't talk about 'em any more, for they don't like folk noticing their ways. Get ye out[23], for I want to wash where ye stand,' said the old dame and out I went.

The door in the porch was wide open and hot sunshine poured through. I passed the kitchen and went outside towards the garden where Tabitha[24] had taken me. Labourers and farm men were working in the fields; some came back to the yard leading horses, dragging loads of hay on clumsy rafts of wood, others were making haystacks under the church walls[25] and the smell of new-mown hay filled the air. I had left spring behind that morning, the seasons had flown like birds on the wing.[26] There were old men with dark, leather breeches and young men in green jerkins stained with earth and torn, chopping wood, working

---

20　houseplace = house
21　mind the fire ... stable 「危ないことにならないように火の世話をしたり、厩の馬の手入れをしてくれる」fettle = tidy up; groom（a horse）
22　Not since a long time have they lived in Lunnon.「ずっと以前から妖精たちはロンドンには住まなくなった。」
23　Get ye out 「出ていっておくれ」ye = you
24　Tabitha　サッカーズ屋敷で働く、気のいい若い娘。
25　under the church walls　サッカーズ屋敷に隣接して、教会が建てられており、現代のペネロピの時代にも残っている。
26　I had left spring ... the wing.　現代のサッカーズでは春だったが、ここでは季節はもう夏で、干草の刈り入れをしている。

in the brew-house, cleaning out the stables. 'Dame Cicely's niece from Lunnon,' they told one another, jerking thumbs at me, as I crossed the yard.

In the garden I wandered free, looking at the many-coloured flowers, bright blue borage, striped carnations, and tawny tiger-lilies. I knelt by the beds of little yellow pansies and blue columbines which nid-nodded[27] their heads in their encircling box-hedges[28], and filled my pockets with camomile, and rubbed my hands in the lemon-balm. An old man stepped from behind the yew hedge and came towards me, with a sickle on his shoulder and a rake in his calloused hand. He took off his leather cap and scratched his head.

'Be ye a friend of Mistress Babington's?'[29] he asked in a deep slow voice, low like water babbling in the earth.

'No. I'm Dame Cicely's niece,' said I.

'I see ye were furrin, but if ye belongs to Dame Cicely I needner be on my bestest manners[30],' he said relieved and he replaced the crooked worn cap and came over to my side.

'See them oxlips?'[31] He pointed to a group of golden-red flowers which filled a corner by the path. 'I made 'em! I got a tuthree roots[32] of yellow oxlips from Westwood medder[33]

27　nid-nodded 「揺らしていた」母音だけ違う語を並べて、調子を良くする表現法。ほかに swish swash、pit-a-pat などがある。
28　box-hedges 「ツゲの木（box）の生垣」庭の小道や花壇の縁取りに使われる。
29　Be ye a friend of Mistress Babington's? 「あんたはバビントンの奥様の友達かね？」
30　I see ... manners. 「よそから来た人だとは思ったけど、シスリーさんの身内なら、格別に行儀よくしなくても大丈夫だな」furrin = foreign　needner = need not　bestest = best
31　them oxlips = those oxlips　オックスリップは、薄黄色の花をつける桜草の一種。似た花に、少し小さめの、黄色くて香りの良い、カウスリップ（cowslip）がある。
32　a tuthree roots = two or three roots.
33　medder = meadow

and planted them upsy down[34] and they comed up like this.'

He stroked his stubbled chin and waited for my admiration.

'I did! I, Adam Dedick, did 'un[35]!' he continued proudly, 'but it takes some skill, for ye mun[36] get good roots, and not cover 'em wi' soil, but let the air get to 'em. I'll show ye next spring, if so be we'm above sod ourselves[37]. It's like this, thinks I. We're buried by sexton, upsy down in earth, and up we come angels, so I puts my oxlips in upsy down and ups they come like angels.'

He laughed uproariously and I laughed too. Here was somebody who was merry and cheerful with no fears for the future.

He took me round the garden pointing out the apricot-tree growing on a sunny wall with the fruit ripening under a net.

'We get many a lot of apricocks[38] from that tree. There's never another in these parts, but here there's shelter. We grow a fine lot of strawberries on this bed,' he continued, showing me the red fruit. 'But mindye, never a one can ye pick[39], for they're all for Mistress Babington and the gentlefolk. Some we send to Darby to Babington House,

---

34　planted them upsy down　根に土をかぶせないで空気にあてるというのだから「さかさまに（upside down）植えた」、と考えるほかないように見えるが、このあとの We're buried by sexton, upsy down で「さかさまに埋葬する」というのが理解できない。upsy には in the manner of の意味もある。
35　did 'un ＝ did it
36　ye mun ＝ you must
37　if so be we'm above sod ourselves　「もし、わしらが生きて、地面の上にいればだがね」
38　apricock　apricot の古形。
39　But mindye, never a one can ye pick　「だがいいかい（よく聞きなさい）。ひとつだって採っちゃあいけないよ」

when we pack hampers for Mistress Foljambe[40]. But there's aplenty of[41] wild strawberries in the lanes on the banks and you can eat 'em.'

'Here's radishes and onions all agrowing, and peas,' said he, leaning over a hedge. Then his eye grew fierce and he shook his fist.

'Them plaguey bullies eatin' buds off'en cherry-trees, and eatin' off 'en peas[42], and blackies and spinks[43] too, all feasting like Queen Bess's courtiers[44]. Where's that boy Jude[45]? He oughta be here[46]. There's no spit to turn this morning.[47] Where is he? I'll warm[48] him. And he's got nothing to do but to turn his clacker[49].'

The old man hurries off, uttering fierce curses on Jude, and a few minutes later I saw the hump-backed boy dragged by the ear, his wooden rattle in his hand. He squatted on the wall and swung the clacker so that a loud, raucous noise filled the air and away the birds flew. Then he took his elder

---

40　**Mistress Foljambe**　当主アンソニー・バビントンの母親。ヘンリー・フォルジャム（Henry Foljambe）と再婚して、フォルジャムの奥方になった。
41　**aplenty of** = plenty of
42　**Them plaguey bullies ... peas**　「あの厄介な鳥どもが桜の蕾や豆を食べている」bullyはずんぐりした小鳥や魚などに使われる方言。off'en cherry-trees = off those cherry-trees
43　**blackies and spinks**　blacky（=blackbird）はイギリス中でよく見られる、くちばしが黄色く体は黒い、体長25センチくらいの鳥。美しく囀るので、「クロウタドリ」の訳もある。'spink' はアトリ科のトリ（finch）。とくに、イギリス中の村や農場でよく見られる、体長15センチくらいの小さな鳥（chaffinch）。
44　**Queen Bess's courtiers**「エリザベス女王の廷臣たち」
45　**Jude**　口がきけない、背中にこぶのある少年。
46　**He oughta be here.** = He ought to be here.
47　**There's no spit to turn this morning.**「今朝は焼き串を回す仕事はないはずだ。」肉を焼き串に刺して焼くとき、この焼き串をまわすのがジュードのような下働きの仕事だった。のちには、犬を使って焼き串を回転させる仕掛けも作られた。
48　**warm**「（熱くなるほど）殴る」
49　**clacker**　鳥を追い払うために鳴らす、がらがら（= wooden rattle）。

pipe from his pocket and played an entrancing tune calling them back again as soon as Adam was out of earshot. Robins and throstles[50] and blackbirds hopped round him, and he tossed crumbs from his pocket. He was like a bird himself I thought as I watched him through the hedge, a wild creature.

I went through the herb garden with its strong odours of medicinal possets[51], past a hedge of sweet-briar to the colony of beehives, where Tom Snowball[52] was bending, so I turned hurriedly back, lest he should kiss me as he had kissed Tabitha. I saw a little fountain which sprang from the earth and filled a stone basin, and it was where my uncle Barnabas had a water-trough for his horses. I dipped my hands in it and supped the fresh spring water, and bathed my face. Then I left the garden by a wicket and started away for the woods, past the orchard wall.

In a great leafy walnut-tree hung a swing and a boy was lolling there, idly reading a book. When I came near he looked up and I recognized the boy I had seen in the church.

'Who are you, trespassing here?' he demanded, rudely enough I thought.

'Penelope Taberner,' I said. 'And I know who you are, Francis Babington.'

'Master Francis Babington[53],' corrected the boy. 'Yes, I've heard of you, the niece of Dame Cicely, come to help in

---

50　throstle ＝ thrush, esp. the song-thrush or mavin
51　posset　'posset'は「ミルク酒」だが、ここではそれに加えるハーブのこと。「ミルク酒」は熱い牛乳をエールやぶどう酒などで凝固させた飲み物で、しばしば香料、砂糖などを加える。かつてはご馳走として、また、風邪その他の病気の際に多用された。
52　Tom Snowball　サッカーズ屋敷の使用人のひとりで、タビサの恋人。
53　Master Francis Babington　「フランシス・バビントン様だ」　masterは「ご主人様、殿様」の意で、ペネロピは使用人の姪なのだから、彼を「フランシス様」と呼ぶべきだということ。

Thackers kitchen from Chelsey,' said he in the same haughty manner which angered me.

'You entered my brother Anthony's room the night he came home and he thought you were a witchgirl.'

'I'm not,' said I indignantly. 'There aren't any witches, either.'

'Some are burnt every year[54],' he retorted, 'but you seem real enough. Anthony thought he had seen a ghost.' He calmly pinched my arm. I shook off his hand and turned back my sleeve to see the blackening bruise.

'And what are you doing at Thackers, Penelope Taberner?' he asked, swinging backward and forward.

'Learning manners, for one thing,' I replied crossly, for it was my home as much as it was the home of this bold youth.

'Nay, I didn't mean to be rude,' he said suddenly with a disarming smile and he sprang from his seat and sent the swing flying. 'I heard my mother speak of you, and she said you were well educated for your position, and much better read than Cousin Arabella[55]. I'm sorry if I hurt you. You came from London to visit your aunt, I know.'

'Good day, Master Francis Babington,' I said coldly, and I turned my back and started away, angry and disappointed.

'Nay, don't go. Forgive me, sweet wench[56]! Everybody knows me and my short temper,' he cried running after me, and taking my arm, he gently drew me back to the swing. 'I'm only Francis Babington,' said he. 'I'm the youngest brother, the nobody. Anthony is the young lord who goes to

---

54 **Some are burnt every year** 「毎年、何人かの魔女が火あぶりにされるよ」当時、魔女と見なされた者は、火刑に処せられた。

55 **much better read than Cousin Arabella** 「いとこのアラベラより学がある」well-read = having read much; with mind well stored by reading

56 **wench** 「田舎娘」の意。「娘さん」

the queen's court and wears a white satin doublet and a pearl earring. George[57] is the gambler, the spendthrift of the family, who dices with his friends and never sees Thackers. I am the stay-at-home, with no money, for all goes to Anthony and George, and no goods, for all the land is Anthony's and no clothes except cast-offs, and no fortune. All is Anthony's, but I have a small talent for music and a great love for Thackers, with its woods and fields, and a surpassing love for brother Anthony in spite of his neglect of me.'

'I love Thackers too,' said I cheerfully, for I liked the boy with his freckled face and careless clothes, too tight at the wrists, too narrow to hold his growing body. I glanced at the leather-bound book he held. It was *The Noble Art of Venerie*[58], and he showed me the woodcuts of dogs and horses and stags, and spoke of his own hounds, Fleet, Fury and Blaize, and the two mares, Silver and Stella, which belonged to Anthony but which he rode.

Then he leaned forward and touched my knee, and looked into my face with intent, anxious eyes.

'What do you know of my brother Anthony?' he asked. 'Why did you go and spy upon him?'

'I didn't,' I protested. 'I don't know him at all, but I wanted to see him, because this is his home.'

'Yes. This is his home,' said Francis slowly. 'He is the heir. He possesses all the estates left by my father, lands as far as you can see, and over the hills in other valleys, farms and homesteads and faithful friends. There are no great riches, no castles, but there are woods of oak and hazel and dark holly, where hide the badger, the marten, the tawny fox. In the valleys are meadows, heavy with grass, and

---

57　**George**　Anthonyの弟、Francisの兄。
58　***The Noble Art of Venerie***　『すばらしき狩猟術』　venerie = venery

cornfields yellow in autumn, and cottages and good country folk. There is hunting of deer, and hawking, and the sports of the chase[59], and fishing in our rivers, the Darrand and Dove[60]. That seems enough for any man, but Anthony is caught in a net.'

Francis spoke with deep feeling, his eyes flashed, and he looked like his handsome brother as he stood there under the tree's shade.

'What net is he caught in?' I asked timidly, for Francis suddenly seemed older than his years, matured by the responsibilities of his house, and not the boy who sang carols so light-heartedly in the church.

'The net of politics,' he muttered after a pause. 'A net baited to catch a young Catholic and a queen, I'll warrant. When he was in London he was persuaded to join a company of young Catholic gentry, sworn to hide Jesuit priests[61], and to outwit Elizabeth's Walsingham[62], and to help put the Scottish queen . . .'

He stopped and looked at me, just as Anthony had done. Then he went on. 'You belong to Thackers, for Cicely is of

---

59 the sports of the chase　これも'venery'同様、「狩猟」を表す。英国および西欧では「狩（hunting）」は、鹿、狐、野ウサギなどの臭いを犬に追わせ、犬と勢子の後から馬に乗った人間の集団が追いかける。小動物や鳥を対象とした狩は'shooting'。

60 the Darrand and Dove　「ダランド川とダヴ川」。「ダランド川」は、アトリーに馴染み深い「ダーウェント川（River Derwent）」の古名。「ダヴ川」は不明。今の地図でみると、バビントン家の荘園があったデシックの近くには「リトルムア・ブルック（Littlemoor Brook）」という小川がある。

61 Jesuit priests　「イエズス会の司祭たち」エリザベス一世は、父ヘンリー八世がカトリック教会から離れて樹立した英国国教会を整備、確定した。それに対し、カトリック信仰の巻き返しを図り、イギリスに潜入した宣教師やイエズス会士のなかには、王位転覆の陰謀に加わるものも多かった。

62 Walsingham, Sir Francis（c.1530-90）エリザベス一世に信任された枢密院議員で、1570年から90年まで国王秘書をつとめ、情報機関を率いて、女王にたいする多くの陰謀を防いだ。

our household for ever[63]. You should know. Anthony belongs to a band of rich young gallants, a secret society, bound together by oath. Everywhere there are spies, a mesh of vagabonds and beggars, in many a disguise, and I fear my brother is being used by others stronger than he. Anthony isn't clever enough for them, he can't pretend what isn't true, he shows his feelings too easily. He is no plotter like those cursed town folk, he is a simple Darbyshire squire, and they will lead him on, and when he is safely in their toils[64] they will destroy him. Only here is he safe, here, in the midst of his own people. One of his friends was hanged, drawn, and quartered at Tyburn[65]. If Anthony stays here all may still be well. The land wants him, there is work to be done at Thackers. Our father died when Anthony and I were children, but our stepfather has been kind and helpful. Now Anthony is of age, and he has a young wife, but the queen has captured him.'

'The queen?' I asked, puzzled.

'Mary of Scotland. She fled to England long ago, as you must know, and there were terrible accusations against her. She threw herself on her cousin's mercy[66], and Elizabeth has kept her imprisoned ever since. Anthony was a page at her

---

63　for Cicely is of our household for ever.　「なぜなら、シスリーはずっと、我が家の一員なのだから」
64　toils「網、罠」
65　One of his friends ... Tyburn　当時の残酷な処刑。'Tyburn' は今のロンドン、ハイド・パークの北東角、マーブル・アーチのあたりで、1388年から1783年まで公開の処刑場だった。draw= embowel
66　terrible accusations against her ... her cousin's mercy　スコットランド女王メアリーは、愛人と共謀して、夫ダーンリ卿ヘンリーを殺害したという嫌疑を受け、息子ジェイムズに王位を譲ることを余儀なくされた。その後、メアリーはスコットランドを逃れ、イングランド女王、エリザベスに庇護を求めた。エリザベスをher cousinと言っているのは、メアリーの父スコットランド王ジェイムズ五世の母が、エリザベスの父ヘンリー八世の姉妹であるため。

small court, and now he would give his life for Mary Stuart. He has sworn to deliver her, to set her free from hateful captivity.'

My eyes wandered over Thackers fields, to the cows feeding in the little field called Squirrels, to a pair of horses by the gate rubbing their necks in affection and comradeship. Afar I could see Anthony riding his grey horse, and beyond the yew hedge sat Jude with his elder pipe charming the birds, and old Adam digging and grumbling to himself. Blue smoke curled up from the chimneys, and a pigeon flew over my head. It was Thackers, a home for simple folk, and not the place to speak of queens, I thought; and other thoughts came surging up, troubling me, faces swam into my memory and disappeared as in a dream. The knowledge of a happening waxed and waned and faded to nothing.

'There is work to be done,' said Francis. 'The yeomen want him, for the fences are broken and the deer ravage the corn, harvests are bad, cattle die, and he is not here, and I am inexperienced to take his place. There is ploughing and reaping and sowing, which is better than trying to put a queen on a throne.'

But my mind was struggling with other things, for a cloud seemed to go over the sun, and his voice grew faint, and I heard other voices speaking, my aunt and Uncle Barnabas. As in a vision I saw them. My mother and father, my sister and brother were forgotten as if they had never lived, but Uncle Barnabas who seemed part of the soil itself and Aunt Tissie who was living in both centuries[67] were ever present.

They were made of Thackers earth, they were the place quickened to life[68] and I remembered them. Then an arm shook mine and the clear voice of Francis Babington spoke insistently in my ear.

'Penelope! You are with us? You are for Mary Stuart?[69]'

I leapt with excitement, suddenly intensely alive, and the queer half-drowned thought swam to the surface for a moment.

'Do you mean Mary Queen of Scots?' I asked slowly.

'Who else? What have we been talking about?' Francis frowned impatiently.

'She was executed.' The words framed themselves[70] in spite of my effort to stay them. 'She died in 1587.'

'Then you are mad,' cried Francis. 'She is as alive as you, her eyes are brown as yours, her body straighter than yours will be at her age. She's at Sheffield Castle in the charge of Anthony's guardian[71], Lord Shrewsbury. Why do you say such things? Are you a soothsayer? Can you foretell the future? For this is the year 1582.' Francis moved away from me as if I were crazed.

'The future?' I whispered very low and my voice uttered

67　Aunt Tissie who was living in both centuries　現代のサッカーズに暮らすティシーおばさんとエリザベス朝のサッカーズにいるデイム・シスリーのことを言っている。
68　they were the place quickened to life　「彼らは、サッカーズという場所そのものが生命を与えられて、人間の姿をとっているような人たちだ」quickened=made alive; animated; stimulated.
69　You are with us? You are for Mary Stuart?　「君は僕たちの仲間だよね？メアリー・ステュアートの味方だよね？」
70　The words framed themselves　「言葉が勝手に口をついて出てきた」
71　Anthony's guardian　「アンソニーの後見人」アンソニーはまだ子どものときに父親を失ったので、成人まで、財産等の管理をする後見人が必要だった。

the words without my willing it[72]. 'I live at Thackers in the future, not in your time, Francis Babington. That's how I know about the queen.'

'That can't be,' scoffed the boy. 'It's not possible unless you are a ghost, and you are visible enough. The future hasn't happened. This is Now, and you are in Thackers croft[73], and Dame Cicely is in Thackers kitchen, waiting you I expect, and Anthony is out riding in the fields.'

'I belong to the future,' I said again, 'and the future is all round us, but you can't see it. I belong to the past too, because I am sharing it with you. Both are now.[74]'

'Nay, that is nonsense. You may have some powers to know what will happen. You may have second sight. You perhaps heard from some witch or soothteller[75] that the Queen of Scotland will be executed, but you cannot say it has already happened, for that is absurd. Prove that you are not of our time.'

'The queen was executed,' I murmured mechanically.

Francis suddenly looked at me, staring into my face, into the pupils of my eyes as if to see the little inverted image of himself.

'You are different in some way, and I half believe you.' He spoke hesitatingly and backed away for a moment. 'But I *won't* believe you,' he added quickly, jerking round. 'Such things are magic and I have nothing to do with the devil.'

I could not answer, I stood miserable and confused, and Francis went on. 'You could be hanged for what you've told

---

72　**my voice uttered the words without my willing it**　「私がそうしようと思わないのに、私の声が勝手にその言葉を発してしまった」
73　**croft**　（屋敷続きの）小さな畑、小牧草地
74　**I belong to the future. . . . Both are now.**　いくつもの時間が重なりあって、同時に存在するという、アトリーの時間についての考えが、ここにも表れている。
75　**soothteller** = soothsayer

me, or worse, burned in a fire, burned till your body became a black cinder.'

He spoke with vehemence, thrusting his face near mine, staring at me with horrified blue eyes so that I was frightened by his words.

'But I won't tell on you[76], because I think I like you, Penelope Taberner,' he added slowly. 'I believe you are a sorcerer, but you are not evil, that I will swear. You are not like the village girls, or even my sisters, your speech is different, and your voice is gentle and full of music. I think I like you. Perhaps you have bewitched me too.'

I tried to smile, for nobody was less witch-like than I. I remembered Uncle Barnabas; he would speak up for me, I thought. Then I forgot him again and there was nothing but the present.

'Whatever made you say it?' questioned Francis, but his voice was kind and sweet to me now. 'Who told you? Was it a wise woman[77]? There's one lives at Caudle, but only the ignorant and fools go to her. Maids ask her for love-potions, and servant wenches consult her. She brews them queer drinks and makes spells with adders'-tongues[78]. She is really quite harmless, but she has wisdom and reads the stars. Our uncle, Doctor Babington, has some powers[79], and he prophesied evil for Anthony[80], but my mother always said it was jealousy of his beauty. My stepfather, Henry Foljambe, gave Anthony a heavy gold chain of great value on his

---

76　I won't tell on you 「僕は君のことを密告したりしない」
77　a wise woman　とくに病気除けや厄除け、魔除けのまじないなどを扱う、魔女の別称。
78　adders'-tongues　ハナヤスリ属のシダ
79　has some powers 「予言の力をいくらか持っている」 'powers' は「特殊な能力、才能」の意。
80　prophesied evil for Anthony 「アンソニーにとって不吉な予言をした」

birthday, and Anthony with the chain about his neck[81] climbed into one of the appletrees in the orchard yonder. He slipped, the bough broke and he was caught by the chain[82] which nearly strangled him. There he hung, suffocating, and he would have died but[83] my mother saw his scarlet doublet in the tree and saved him. That was an evil omen, people said, a prophecy of the manner of his own death[84]. A cruel thing to say, and wicked. Yet the thought of this haunts my mother and Dame Cicely too.'

He sat silent, and I shivered as I too remembered something which I could not say.

'Anthony,' I whispered. 'Anthony.'

Then Francis began to talk to me of many things, asking if I could read Latin and Greek like Lady Jane Grey[85] had done, and had I studied the science of numbers and philosophy? I said I had seen his Ovid[86] and I too had read it, but of Greek I knew nothing, for we did French at school.

'French? Anthony's going to France on the queen's business,' interrupted Francis. 'He speaks the tongue[87] perfectly. Mary Stuart is half French, and once she was the

---

81　with the chain about his neck　「鎖を首に掛けて」
82　he was caught by the chain　「鎖が木に引っ掛かって宙吊りになってしまった」
83　but ＝ unless
84　a prophecy of the manner of his own death　「彼の死に方を予言するもの」つまり彼が絞首刑になることを予言しているということ。
85　Lady Jane Grey　ヘンリー七世の娘メアリーを祖母に持つ。ヘンリー八世の息子エドワード六世が死んだあと、エドワードの姉でカトリック教徒のメアリーが即位するのを阻止するために、女王に擁立されたが、失敗して処刑された。当時、貴族階級の女性には高い教育を受けた者もいて、エリザベス一世もラテン語、ギリシャ語、外国語を習得していた。
86　Ovid　ローマの詩人、オウィディウス（B.C.43?-A.D.17）。『愛の技巧』（Ars Amatoria）や『変身譚』（Metamorphoses）などの作品がある。ここでは、オウィディウスの本を指している。
87　the tongue　「その言葉（つまりフランス語）」

queen of France[88], but her husband died and she came back to Scotland.'

'I wish he would stay here,' sighed Francis as I was silent. 'The church roof should be mended, and new buildings made. There's a saw invented for tree-cutting I want him to buy, and two of the falcons are dead. We need another barn for wool-storing, and horses must be bought. But away he goes to Paris.'

He caught sight of my wrist-watch, and examined its works eagerly. It was French workmanship, he told me, and never had he seen such a small time-keeper, although his brother's gold clock was more beautiful.

I looked down at the watch. The fingers had not moved while I had been there.[89] Francis's fair head was bent over it, listening with a puzzled expression, and to my ears came the bleating of sheep and the ringing of church bells. The other world seemed part of the world where I found myself, and there was no division between them.[90] Then we walked across the grass to the great thatched barn where Uncle Barnabas kept his carts and harrows[91]. We stood under the same oak-timbered roof[92] and Francis showed me the hunting

---

88　half French ... the queen of France　メアリー・ステュアートの母はフランスの王族、ギーズ家の出身。メアリー自身も15歳でフランス王太子（後のフランソワ二世）と結婚している。
89　The fingers had not moved while I had been there.　「私がそこにいる間ずっと、時計の針は動いていなかった。」ペネロピが過去の時代に来ているとき、現代の時間は止まっている。
90　The other world ... between them.　ここにもアトリーの時間についての考えが示されている。
91　the great thatched barn ... harrows　「（現代のサッカーズで）バーナバスおじさんが荷車やまぐわをしまっている（のと同じ）、草葺きの大きな納屋」
92　the same oak-timbered roof　「（現代のサッカーズにあるのと）同じ、オークの梁を渡した屋根」

hounds baying with bell voices[93], and the litter of puppies squirming in the straw. I picked up one of the pups, but the mother growled and slunk away so I let it go, saddened that always the dogs feared me, as if they alone knew I did not belong to the world and time where I found myself.

At the wide double-doors[94] was a pile of shepherds' crooks with pointed iron spikes and curled iron handles, and some pitchforks and rusty halberds. A shepherd came by carrying a crook and Francis spoke to him, and asked how he fared on the distant hills, where he had been sheep-minding[95], but I could scarcely understand his reply. It was full of burrs as a burdock bush[96], although it reminded me of Uncle Barnabas when he was talking broad[97] to one of his friends.

The thought of Uncle Barnabas tugged at my heart, and I looked across the farm buildings seeking him. He was somewhere, alive and waiting for me. 'I must go,' I stammered, suddenly filled with desire to get away, and away I ran without another word, hastening in at the open door, but there I was met by Tabitha, and I forgot why I had gone.

- -

93　**bell voices**　「がんがん鳴り響く鐘のような、やかましい声」たくさんの猟犬たちが一度にわんわん吠える声から、教会の鐘楼でたくさんの鐘が一度にがらんがらんと鳴る音を連想しているのだろう。
94　**double-doors**　扉が2枚で、観音開きになっている。
95　**sheep-minding**　「羊の世話をしている」
96　**full of burrs as a burdock bush**　「訛りの強い発音(burr)」と牛蒡（burdock）の実の「いが（burr）」を掛けている。
97　**talking broad**　talk broadは「田舎訛りまるだしで話す」の意味。

年表・参考文献

Alison Uttley

西暦年	年齢	事　項
1884	0	12月17日、誕生。
1887	2	9月28日、弟ウィリアム・ヘンリー・テイラー（通称ハリー）誕生。
1892	7	4月、リー・ボード・スクール入学。
1897	12	レイディ・マナーズ・スクール入学。
1903	18	マンチェスター大学入学。
1906	21	ケンブリッジ大学、レイディーズ・トレーニング・カレッジ入学。
1907	22	ロンドン、フラムの公立女子中等学校の科学教師となる。
1911	26	8月10日、ジェイムズ・アトリーと結婚。
1914	29	9月12日、息子、ジョン・コリン・テイラー・アトリー誕生。 10月、第一次世界大戦勃発。 ジェイムズ、フランスへ出征。
1918	33/34	この年の終わりごろ、チェシャー州ボウドンの「ダウンズ・ハウス」を購入。
1923	38	息子ジョン、ヤーレット・ホール・プレパラトリー・スクール入学。
1926	41	3月29日、父ヘンリー・テイラー、キャッスル・トップ農場にて死去。
1927	42	サミュエル・アレグザンダー教授と再会。書くことを決意する。
1928	43	息子ジョン、セドバ・パブリック・スクール入学。
1929	44	『スキレルとヘアとグレイ・ラビット』（「グレイ・ラビット」第1作）ハイネマン社から出版。
1930	45	9月13日、母ハンナ・テイラー、マトロック・グリーンのアームズハウスにて死去。 9月18日、ジェイムズ・アトリー入水自殺。
1931	46	『農場にくらして』出版。
1932	47	1月、日記をつけ始める。 秋、初のフェアリー・テイル集『月光と魔法』出版。
1933	48	ジョン、ケンブリッジ大学入学。
1934	49	『スキレル、スケートに行く』コリンズ社から出版。以後「グレイ・ラビット」シリーズはすべて、コンズ社から出版される。 8月、「グレイ・ラビット」最初の4編がBBCラジオで放送されることが決まる。（ＢＢＣによるアトリー作品放送の始まり）
1937	52	4月、初のエッセイ集『幼い日々の待ち伏せ』出版。 11月、ウォルター・デ・ラ・メアと初めて会う。 『特別なウサギの冒険』（「ティム・ラビット」シリーズの最初の本）出版。
1938	53	1月、ジョン、セント・ローレンスィズ・カレッジの歴史教師となる。 4月、小説『ハイ・メドウズ』出版。 9月、バッキンガムシャー、ビーコンズフィールドの「サッカーズ」へ引っ越す。
1939	54	9月、第二次世界大戦勃発。 11月、『時の旅人』出版。

西暦年	年齢	事　項
1939		『四匹の子ブタとアナグマのブロック』(「サム・ピッグ」シリーズ最初の本)出版。
		12月28日、ジョン入隊。
1940	55	10月、ウォルター・デ・ラ・メアを初めて訪問。
1941	56	4月、『丘の上の農場』(『農場にくらして』の続編)出版。
		9月、弟ハリー、キャッスル・トップ農場を売却。
1942	57	4月、息子ジョン、ドロシー・パーカーと婚約。6月、式の当日に結婚を取りやめる。
1943	58	5月、ジョン大陸へ出征。秋、イタリア戦線で負傷して捕虜となる。
		エッセイ集『田舎の宝庫』(タニクリフの挿絵がついた最初の本)出版。
1945	60	5月、ジョン復員。
		9月、車を買う。
		小説『すべてが終わったとき』出版。
1946	61	8月、ジョン、ヘレン・ペインと婚約。
		12月、アンデルセンの生涯と作品を扱った劇『洗濯女の息子』出版。(翌年3月、第1部がBBCで放送される)
1947	62	4月、ジョン、ヘレン・ペインと結婚。
1948	63	運転免許試験に合格。
1950	65	人形劇による「グレイ・ラビット」のテレビ放映。
		「子ネズミきょうだい」シリーズ、ハイネマン社から出版が始まる。
1953	68	『夢の材料』出版。
1954	69	『こぎつねルーファスとわるいおじさん』(「こぎつねルーファス」シリーズ第1作)ハイネマン社から出版。
1960	75	ジョン、教職を離れ、ガーンジー島へ移住。
1964	79	4月5日、弟ハリー死去。
1966	81	ジョン『チャンネル諸島の物語』出版。
1967	82	『グレイ・ラビット、パンケーキをやく』(マーガレット・テンペストの挿絵による最後の「グレイ・ラビット」)出版。
1970	85	5月、マンチェスター大学から名誉文学博士号を贈られる。
		『グレイ・ラビット、北極へ行く』(キャサリン・ウィグルズワースの挿絵による最初の「グレイ・ラビット」)出版
1971	87	12月31日、最後の日記。
1972	87	最後のエッセイ集『秘密の場所』出版。
1975	90	『ヘアと虹』(最後の「グレイ・ラビット」)出版。
1976	91	5月7日、死去。住み馴れたビーコンズフィールドの北西にある、ペンの教会墓地に埋葬される。
1978		7月19日、ジョン・アトリー自殺。

【1】作品
(1) 物語

The Squirrel, the Hare, and the Little Grey Rabbit. Illustrated by Margaret Tempest. London: Heinemann, 1929.

How Little Grey Rabbit Got Back Her Tail. Illustrated by Margaret Tempest. London: Heinemann, 1930.

The Great Adventure of Hare. Illustrated by Margaret Tempest. London: Heinemann, 1931.

The Story of Fuzzypeg the Hedgehog. Illustrated by Margaret Tempest. London: Heinemann, 1932.
（上記4作は石井桃子・中川李枝子訳、『グレイ・ラビットのおはなし』岩波少年文庫及び絵本〔どちらも1995〕に所収。後者にはマーガレット・テンペストによる絵が使われている）

Moonshine and Magic. Illustrated by Will Townsend. London: Faber, 1932.（神宮輝夫訳『妖精のスカーフ』ほか）〔講談社、1973〕及び『妖精のスカーフ』〔講談社青い鳥文庫社、1981〕に1編所収）

Squirrel Goes Skating. Illustrated by Margaret Tempest. London: Collins, 1934.（神宮輝夫・河野純三訳『グレー・ラビット　スケートにゆく』評論社、1978. 箕浦万里子訳『森の友だちとごちそうどろぼう』偕成社、1987. 神宮輝夫訳『グレー・ラビットとヘアとスキレル　スケートにいく』童話館出版、2003 ）

Wise Owl's Story. Illustrated by Margaret Tempest. London: Collins, 1935.（眞方陽子訳『フクロウ博士のおひっこし』偕成社、1987. 神宮輝夫訳『ふくろう博士のあたらしい家』童話館出版、2004）

The Adventures of Peter and Judy in Bunnyland. Illustrated by L. Young. London: Collins, 1935.

Candlelight Tales. Illustrated by Elinor Bellingham-Smith. London: Faber, 1936.

Little Grey Rabbit's Party. Illustrated by Margaret Tempest. London: Collins, 1936.（箕浦万里子訳『はじめてのパーティ』偕成社、1987, 神宮輝夫・河野純三訳『グレー・ラビット　パーティをひらく』評論社、1978）

The Knot the Squirrel Tied. Illustrated by Margaret Tempest. London: Collins, 1937（神宮輝夫・河野純三訳『ねずみのラットのやっかいなしっぽ』評論社、1979. 神宮輝夫訳、童話館出版、2003）

The Adventures of No Ordinary Rabbit. Illustrated by Alec Buckels. London: Faber, 1937.（石井桃子訳『チム・ラビットのぼうけん』〔童心社、1967〕に6編を所収）

Mustard, Pepper, and Salt. Illustrated by Gwen Raverat. London: Faber, 1938.（神宮輝夫訳『妖精のスカーフほか』〔講談社、1973〕及び『妖精のスカーフ』〔講談社青い鳥文庫、1981〕に4編、三保みずえ訳『妖精のおよめさん』〔評論社、1987〕に3編、矢川澄子訳『むぎばたけ』〔福音館書店、1989〕に表題作1編:、所収）

Fuzzypeg Goes to School. Illustrated by Margaret Tempest. London: Collins, 1938.（箕面万里子訳『ハリネズミぼうやは学校がすき』偕成社、1988）

A Traveller in Time. London: Faber, 1939. New York: Putnam, 1940. Harmondsworth, Puffin, 1977.（小野章訳『時の旅人』評論社、1980. 松野正子訳『時の旅人』岩波少年文庫、1998）

Tales of the Four Pigs and Brock the Badger. Illustrated by Alec Buckels. London: Faber, 1939.（神宮輝夫訳『妖精のスカーフほか』〔講談社、1973〕に3編所収）

Little Grey Rabbit's Christmas. Illustrated by Margaret Tempest. London: Collins, 1939.（河野純三訳『グレー・ラビットのクリスマス』評論社, 1982. 箕浦万里子訳『グレイラビットのクリスマス』偕成社, 1987)

Moldy Warp, the Mole. Illustrated by Margaret Tempest. London: Collins, 1940.（河野純三訳『もぐらのモールディのおはなし』評論社, 1982)

The Adventures of Sam Pig. Illustrated by Francis Gower. London: Faber, 1940. Puffin 1976. （神宮輝夫訳『サム・ピッグだいかつやく』〔童心社, 1967. フォア文庫, 1980〕に3編所収)

Sam Pig Goes to Market. Illustrated by A. E. Kennedy. London:Faber, 1941. Harmondsworth: Puffin, 1978.（神宮輝夫訳『サム・ピッグだいかつやく』〔童心社, 1967. フォア文庫, 1980〕に2編所収)

Six Tales of Brock the Badger. Illustrated by Alec Buckels and Francis Gower. London: Faber, 1941.

Six Tales of Sam Pig. Illustraged by Alec Buckels and Francis Gower. London: Faber, 1941.

Six Tales of the Four Pigs. Illustrated by Alec Buckels. London: Faber, 1941.

Ten Tales of Tim Rabbit. Illustrated by Alec Buckels and Francis Gower. London: Faber, 1941.

Hare Joins the Home Guard. Illustrated by Margaret Tempest. London: Collins, 1942.

Little Grey Rabbit's Washing-Day. Illustrated by Margaret Tempest. London: Collins, 1942.

Nine Starlight Tales. Illustrated by Irene Hawkins. London: Faber, 1942.

Sam Pig and Sally. Illustrated by A. E. Kennedy. London: Faber, 1942. Harmondsworth: Puffin, 1979.（神宮輝夫訳『サム・ピッグおおそうどう』〔童心社, 1967. フォア文庫, 1981〕に3編, 同『妖精のスカーフほか』〔講談社, 1973〕に1編を所収)

Cuckoo Cherry-Tree. Illustrated by Irene Hwkins. London: Faber, 1943.（神宮輝夫訳『小さな赤いめんどり』〔大日本図書, 1969〕に表題作1編所収)

Sam Pig at the Circus. Illustrated by A. E. Kennedy. London: Faber, 1943. Harmondsworth: Puffin 1982.

Water-Rat's Picnic. Illustrated by Margaret Tempest. London: Collins, 1943.

Little Grey Rabbit's Birthday. Illustrated by Margaret Tempest. London: Collins, 1944.（河野純三訳『グレー・ラビットのおたんじょうび』評論社, 1982. 眞方陽子訳『グレイラビットのたんじょう会』偕成社, 1988)

The Spice Woman's Basket and Other Tales. Illustrated by Irene Hawkins. London: 1944. （石井桃子・中川李枝子訳『西風のくれた鍵』〔岩波少年文庫, 1999〕に6編所収)

Mrs. Nimble and Mr. Bumble. Illustrated by Horace Knowles. With *This Duck and That Duck* by Herbert Mckay. London: Francis James, 1944.

Some Moonshine Tales. Illustrated by Sarah Nechamkin. London: Faber, 1945.（こだまともこ訳『月あかりのおはなし集』〔小学館, 2007〕に6編所収)

The Adventures of Tim Rabbit. Illustrated by A. E. Kennedy. London: Faber, 1945; Harmondsworth: Puffin, 1978.（石井桃子訳『チム・ラビットのおともだち』〔童心社, 1967〕に5編所収)

The Weather Cock and Other Tales. Illustrated by Nancy Innes. London: Faber, 1945.

The Speckledy Hen. Illustrated by Margaret Tempest. London: Faber, 1945. (眞方陽子訳『めんどり母さんがあぶない！』偕成社, 1988）

Little Grey Rabbit and the Weasels. Illustrated by Margaret Tempest. London: Collins, 1947. (神宮輝夫・河野純三訳『グレー・ラビットいたちにつかまる』評論社, 1979）

Grey Rabbit and the Wandering Hedgehog. Illustrated by Margaret Tempest. London: Collins, 1948. (『グレー・ラビットと旅のはりねずみ』評論社, 1981. 眞方陽子訳『ハリネズミさんのすてきなコート』偕成社, 1988）

John Barleycorn: Twelve Tales of Fairy and Magic. Illustrated by Philip Hepworth. London: Faber, 1948. (三保みずえ訳『妖精のおよめさん』〔評論社, 1987〕に表題作他1編, 石井桃子・中川李枝子訳『氷の花たば』〔岩波少年文庫〕に表題作他5編, 鈴木武樹訳『アンと山の小びと』〔学習研究社, 1969〕に1編所収）

Sam Pig in Trouble. Illustrated by A. E. Kennedy. London: Faber, 1948.

The Cobbler's Shop and Other Tales. Illustrated by Irene Hawkins. London: Faber, 1950. (松野正子訳『くつなおしの店』〔福音館書店, 2000〕に表題作1編, 鈴木武樹訳『アンと山の小びと』〔学習研究社, 1967〕に3編, 所収）

Macduff. Illustrated by A. E. Kennedy. London: Faber, 1950.

Little Grey Rabbit Makes Lace. Illustrated by Margaret Tempest. London: Collins, 1950.

The Little Brown Mouse Books. Illustrated by Katherine Wigglesworth. London: Heinemann, 12vols., 1950-57. (*Snug and Serena Meet a Queen*, 1950; *Snug and Serena Pick Cowslips*, 1950; *Going to the Fair*, 1951; *Toad's Castle*, 1951; *Mrs. Mouse Spring-Cleans*, 1952; *Christmas at the Rose and Crown*, 1952; *The Gypsy Hedgehogs*, 1953; *Snug and the Chimney-Sweeper*, 1953; *The Flower Show*, 1955; *The Mouse Telegrams*, 1955; *Mr. Stoat Walks In*, 1957; *Snug and the Silver Spoon*, 1957. (眞方陽子訳『兄さんネズミがさらわれた！』〔偕成社, 1986〕に4編, 『子ネズミきょうだい町へいく』〔評論社, 1987〕に1編, 所収）

Yours Ever, Sam Pig. Illustrated by A. E. Kennedy. London: Faber, 1951. Harmondsworth: Puffin, 1977.

Hare and the Easter Eggs. Illustrated by Margaret Tempest. London: Collins, 1952. (河野純三訳『大うさぎのヘアーとイースターのたまご』評論社, 1983）

Little Grey Rabbit's Valentine. Illustrated by Margaret Tempest. London: Collins, 1953.

Little Grey Rabbit Goes to Sea. Illustrated by Margaret Tempest. London: Collins, 1954.

Little Red Fox and the Wicked Uncle. Illustrated by Katherine Wigglesworth. London: Heinemann, 1954. Indianapolis: Bobbs Merrill, 1962. (石井桃子訳『こぎつねルーファスのぼうけん』〔岩波書店, 1979, 1991〕所収）

Sam Pig and the Singing Gate. Illustrated by A. E. Kennedy. London: Faber, 1955. (神宮輝夫訳『妖精のスカーフほか』〔講談社, 1973〕に1編所収）

Hare and Guy Fawkes. Illustrated by Margaret Tempest. London: Collins, 1956.

Little Red Fox and Cinderella. Illustrated by Katherine Wigglesworth. London: Heinemann, 1956. (石井桃子訳『こぎつねルーファスとシンデレラ』岩波書店, 1981）

Magic in My Pocket: A Selection of Tales. Illustrated by Judith Brook. London: Harmondsworth: Puffin, 1957. London: Jane Nissen Books, 2003.

Little Grey Rabbit's Paint-Box. Illustrated by Margaret Tempest. London: Collins, 1958. (河野順三訳『グレー・ラビットのスケッチ・ブック』評論社, 1982）

Little Red Fox and the Magic Moon. Illustrated by Katherine Wigglesworth. London: Heinemann, 1958.（石井桃子訳『こぎつねルーファスのぼうけん』〔岩波書店, 1979, 1991〕所収）

Snug and Serena Count Twelve. Illustrated by Katherine Wigglesworth. London: Heinemann, 1959. Indianapolis: Bobbs Merrill, 1962.（眞方陽子『子ネズミきょうだい町へいく』〔偕成社, 1987〕所収）

Tim Rabbit and Company. Illustrated by A. E. Kennedy. London: Faber, 1959.

Sam Pig Goes to the Seaside: Sixteen Stories. Illustrated by A. E. Kennedy. London: Faber, 1960. Harmondsworth: Puffin, 1978.

Grey Rabbit Finds a Shoe. Illustrated by Margaret Tempest. London: Collins, 1960.

John at the Old Farm. Illustrated by Jennifer Miles. London: Heinemann, 1960.

Grey Rabbit and the Circus. Illustrated by Margaret Tempest. London: Collins, 1961.

Snug and Serena Go to Town. Illustrated by Katherine Wigglesworth. London: Heinemann, 1961. Indianapolis: Bobbs Merrill, 1963.（眞方陽子『子ネズミきょうだい町へいく』〔偕成社, 1987〕所収）

Little Red Fox and the Unicorn. Illustrated by Katherine Wigglesworth. London: Heinemann, 1962.（石井桃子訳『こぎつねルーファスとシンデレラ』〔岩波書店, 1981, 1992〕所収）

The Little Knife Who Did All the Work: Twelve Tales of Magic. Illustrated by Pauline Baynes. London: Faber, 1962. Harmondsworth: Puffin, 1978.

Grey Rabbit's May Day. Illustrated by Margaret Tempest. London, Collins, 1963.

Tim Rabbit's Dozen. Illustrated by Shirley Hughes. London: Faber, 1964.

Hare Goes Shopping. Illustrated by Margaret Tempest. London: Collins, 1965.（河野純三訳『大うさぎのヘアーかいものにゆく』評論社, 1981）

The Sam Pig Storybook. Illustrated by Cecil Leslie. London: Faber, 1965.

The Mouse, the Rabbit, and the Little White Hen. Illustrated by Jennie Corbett. London: Heinemann, 1966.

Enchantment. Illustrated by Jennie Corbett. London: Heinemann, 1966.

Little Grey Rabbit's Pancake Day. Illustrated by Margaret Tempest. London: Collins, 1967.（河野純三訳『グレー・ラビット　パンケーキをやく』評論社, 1983）

Little Red Fox. Illustrated by Katherine Wigglesworth. Harmonsworth: Puffin, 1967.

Little Red Fox and the Big Big Tree. Illustrated by Jennie Corbett. London: Heinemann, 1968.

Little Grey Rabbit Goes to the North Pole. Illustrated by Katherine Wigglesworth. London: Collins, 1970.

Lavender Shoes: Eight Tales of Enchantment. Illustrated by Janina Ede. London, Faber, 1970.（松野正子訳『ラベンダーのくつ──アリソン・アトリーのおはなし集──』〔福音館書店, 1998〕に4編所収）

The Brown Mouse Book: Magical Tales of Two Little Mice. Illustrated by Katherine Wigglesworth. London: Heinemann, 1971. Pan Books 1973.

Fuzzypeg's Brother. Illustrated by Katherine Wigglesworth. London: Collins, 1971.

Little Grey Rabbit's Spring Cleaning Party. Illustrated by Katherine Wigglesworth. London: Collins, 1972.

Little Grey Rabbit and the Snow-Baby. Illustrated by Katherine Wigglesworth. London: Collins, 1973.

Fairy Tales. Edited by Kathleen Lines. Illustrated by Ann Strugnell. London: Faber, 1975. Harmondsworth: Puffin, 1979.

Hare and the Rainbow. Illustrated by Katherine Wigglesworth. London: Collins, 1975.

Stories for Christmas. Edited by Kathleen Lines. Illustrated by Gavin Rowe. London, Faber, 1977. Harmondsworth: Puffin, 1981.

Little Grey Rabbit's Storybook. Illustrated by Margaret Tempest. London: Collins, 1977.

From Spring to Spring: Stories of the Four Seasons. Edited by Kathleen Lines. Illustrated by Shirley Hughes. London: Faber, 1978.

Tales of Grey Rabbit. Illustrated by Faith Jaques. London: Heinemann, 1980. London: Piccolo Books, 1982.

Little Grey Rabbit's Second Storybook. Illustrated by Margaret Tempest. London: Collins, 1981.

Foxglove Tales. Edited by Lucy Meredith. Illustrated by Shirley Felts. London: Faber, 1984.

Tales of Little Brown Mouse. Illustrated by Faith Jaques. London: Heinemann, 1984.（まがたようこ訳『兄さんネズミがさらわれた！』〔偕成社, 1986〕に4編, 眞方陽子訳『子ネズミきょうだい町へいく』〔偕成社, 1987〕に3編所収）

Little Grey Rabbit's Alphabet Book. Pictures by Margaret Tempest. London: Collins, 1985.

(2) 劇

Little Grey Rabbit to the Rescue. Illustrated by Margaret Tempest. London: Collins, 1945.

The Washerwoman's Child: A Play on the Life and Stories of Hans Christian Andersen. Illustrated by Irene Hawkins. London: Faber, 1946.

Three Little Grey Rabbit Plays (includes *Grey Rabbit's Hospital*, *The Robber*, *A Christmas Story*). London: Heinemann, 1961.

(3) 小説

High Meadows. London: Faber, 1938.

When All Is Done. London: Faber, 1945.

(4) 自伝的作品およびエッセイ集

The Country Child. London: Faber, 1931. New York: Macmillan, 1931. Illustrated by C. F. Tunnicliffe. Faber, 1945. Harmonsworth: Peacock Books, 1963; Puffin Books, 1969. Oxford: Isis Large Print Books, 1993. London: Jane Nissen Books, 2000.（上條由美子・松野正子訳『農場にくらして』岩波少年文庫, 2000）

Ambush of Young Days. London: Faber, 1937. Illustrated by C. F. Tunnicliffe. Faber, 1950.

The Farm on the Hill. London: Faber, 1941. Illustrated by C. F. Tunnicliffe. Faber, 1949. Maidstone: George Mann, 1973.

Country Hoard. Illustrated by C. F. Tunnicliffe. London: Faber, 1943. London:Howard Baker, 1966. Oxford: Isis Large Print Books, 1992.

Country Things. Illustrated by C. F. Tunnicliffe. London: Faber, 1946. Oxford: Isis Large Print Books, 1990.

Carts and Candlesticks. Illustrated by C. F. Tunnicliffe. London: Faber, 1948. Maidstone: George Mann, 1973.

Plowmen's Clocks. Illustrated by C. F. Tunnicliffe. London: Faber, 1952.

Here's a New Day. Illustrated by C. F. Tunnicliffe. London: Faber, 1956.

A Year in the Country. Illustrated by C. F. Tunnicliffe. London: Faber, 1957. London: Howard Baker, 1976.

The Swans Fly Over. Illustrated by C. F. Tunnicliffe. London: Faber, 1959.

Something for Nothing. Illustrated by C. F. Tunnicliffe. London: Faber, 1960.

Wild Honey. Illustrated by C. F. Tunnicliffe. London: Faber, 1962. London: Howard Baker, 1978. Oxford: Isis Large Print Books, 1991.

Cuckoo in June. Illustrated by C. F. Tunnicliffe. London: Faber, 1964. London: Howard Baker, 1978.

A Peck of Gold. Illustrated by C. F. Tunnicliffe. London: Faber, 1966.

The Button Box and Other Essays. Illustrated by C. F. Tunnicliffe. London, Faber, 1968.

A Ten O'Clock Scholar and Other Essays. Illustrated by C. F. Tunnicliffe. London: Faber, 1970.

Secret Places and Other Essays. Illustrated by C. F. Tunnicliffe. London: Faber, 1972.

Country World: Memories of Childhood. Edited by Lucy Meredith. London: Faber, 1984.

Our Village: Alison Uttley's Cromford. Edited by Jacqueline Mitchell. Illustrated by C. F. Tunnicliffe. Cromford, Derbyshire: Scarthin Books, 1984.

(5) その他

Buckinghamshire. London: Hale, 1950.

The Stuff of Dreams. London: Faber, 1953.

Recipes from an Old Farmhouse. Illustrated by Pauline Baynes. London: Faber, 1966. Merrimack Book Service, 1973.

Ed. *In Praise of Country Life: An Anthology*. London: Muller, 1949.

〈研究〉
①評伝
Judd, Denis. *Alison Uttley: The life of a Country Child*. London: Michael Joseph, 1986. *Alison Uttley: Creator of Little Grey Rabbit*. Sutton Piblishing, 2001.（中野節子訳『物語の紡ぎ手　アリソン・アトリーの生涯』JULA出版局, 2006）

Saintsbury, Elizabeth. *The World of Alison Uttley*. London: Howard Baker, 1980.

②基礎的な文献
Commire, Anne, ed. *Something About the Author: Facts and Pictures about Authors and Illustrators of Books for Young People.* Vol. 3. Detroit: Gale, 1972. 235-39.

du Sautoy, Peter. "Alison Uttley." *St. James Guide to Children's Writers*, 5th edition. Ed. Sara Pendergast & Tom Pendergast. Detroit & London: St. James Press, 1999.

Twentieth-Century Children's Writers. 4th edition. Ed. by Laura Standley Berger, St. James Press, 1995. 997-80.

Garner, Barbara Carman. "Alison Uttley." *British Children's Writers, 1914-1960. Dictionary of Literary Biography*, Vol. 160. Ed. Donald R. Hettinga and Gary D. Shmidt. Detroit: Gale, 1996. 289-299.

Kevin, S. Hile, ed. *Something About the Author.* Vol. 88. Detroit: Gale, 1997. 197-201.

③研究書
Cameron, Eleanor. *The Green and Burning Tree.* Boston & Toronto: Little, Brown & Company, 1969.

Fisher, Margery. *Intent upon Reading.* 2nd ed. Leicester: Brockhampton Press, 1964.

Nikolajeva, Maria. *From Mythic to Linear: Time in Children's Literature.* Lanham, Md.: Scarecrow, 2000.

神宮輝夫『童話への招待』日本放送協会, 1970.

瀬田貞二『幼い子の文学』中公新書, 1980.

脇　明子『ファンタジーの秘密』沖積舎, 1991.

④論文
Aers, Lesley. "The Treatment of Time in Four Children's Books." *Children's Literature in Education* 2 (1970): 69-81.

Cadogan, Mary. "Murky Mysteries and Cosy Magic." *Books and Bookmen,* June 1980: 45-46.

Cameron, Eleanor. "The Eternal Moment." *Children's Literature Association Quarterly* 9.4 (1985): 157-64.

Cosslett, Tess. "'History from Below': Time-Slip Narratives and National Identity." *The Lion and the Unicorn* 26.2 (2002): 243-253.

Feaver, William. "The Spirit of Little Grey Rabbit." *Times Literary Supplement* 26 Mar. 1982. 346.

Graham, Eleanor. "Alison Uttley: An Appreciation." *The Junior Bookshelf* Dec. 1941: 115-121.

Hooley, Teresa. "Alison Uttley: A Derbyshire Writer." *The Derbyshire Countryside* Jan.-Mar. 1950: 3-4.

Locherbie-Cameron, M.A.L. "Journeys through the Amulet: Time-travel in Children's Fiction." *Signal: Approaches to Children's Books* 79 (1996): 45-61.

Nikolajeva, Maria. "Fairy Tale and Fantasy: From Archaic to Postmodern." *Marvels & Tales: Journal of Fairy-Tale Studies* 17.1 (2003): 138-56.

―. "Fantasy: The Evolution of a Pattern." *Fantasy and Feminism in Children's Books: Study Guide*. Greelong, Victoria, Australia: Deakin UP, 1993.

Nodelman, Perry. "Interpretation and the Apparent Sameness of Children's Novels". *Studies in the Literary Imagination* 18. 2 (1985):5-20.

岡田まり「動物ファンタジーに見られるミニチュアの視点:ビアトリクス・ポター、アリソン・アトリー、ジル・バークレムの作品から」,「白百合児童文化」第7号,白百合児童文化学会 (1996):85-103.

中野節子「『リトル・グレイ・ラビット物語』の誕生――「妖精物語」としての動物ファンタジー――」,「大妻レビュー」第26号,大妻女子大学英文学会 (1993):43-54.

―.「『グレイ・ラビット物語』の魅力を追って――田舎の暮らしの中から――」,「大妻レヴュー」第27号 (1994):43-57.

―.「『ティム・ラビットのお話』をめぐって――「ちょっと特別なうさぎ」の冒険――」,「大妻レヴュー」第28号 (1995):29-42.

―.「『サム・ピッグのお話』をめぐって――農場の挽歌――」,「大妻レヴュー」第29号 (1996):37-50.

―.「『小さな茶色いねずみのお話』をめぐって――スナッグとセリーナの物語――」,「大妻レヴュー」第31号 (1998):7-19.

―.「精霊に愛された少女――A・アトリーと「妖精物語」――」,「大妻レヴュー」第32号 (1999):21-33.

―.「夢を紡いで――A.アトリーの創作世界の源流を追って――」,「大妻レヴュー」第33号 (2000):37-47.

―.「『ある昔の農場の料理帳』より――A.アトリーの「美味しいお話」――」,「大妻レヴュー」第34号 (2001):51-63.

林祐子「『時の旅人』におけるファンタジーの考察――「感情」と「理性」の意味するところ――」「白百合児童文化」第12号 (2002):38-62.

⑤その他の参考資料
【クロムフォード】
Bayles, Freda, and Janet Ede, eds. *Alison Uttley's Country Walks: Four Walks round Dethick, Lea and Holloway*. Matlock Bath: Darrand, 1995.

―. *The Cromford Guide*. Cromford: Scarthin Books, 1994.

Naylor, Peter J. *Cromford―A History*. 1999. Cromford: Watnay Publishing, 2001.

【マーガレット・テンペスト】
Cope, Dawn & Peter. *Postcards from the Nursery: Illustrators of Children's Books and Postcards 1900-1950*. New Cavendish Books, 2000..

Horne, Alan. *The Dictionary of 20th Century British Book Illustrators*. Antique Collectors Club, 1994.

Commire, Anne, ed. *Something about the Author*. Vol. 33. Detroit: Gale, 1983, 216.

"Margaret Tempest." *The Times* 28 July 1982.

【C. F. タニクリフ】
Niall, Ian. *Portrait of a Country Artist: C. F. Tunnicliffe R. A. 1901-1979*. London: Book Club Associates, 1980.

索引

● あ ●

- アークライト, フレデリック・C ……… 8
- アークライト, リチャード ……… 7, 8
- 「アオガラと樅の木」 ……… 78
- アッシュバーン・ハウス ……… 24, 25, 26, 29
- アッシュバーン・ホール ……… 25, 57
- アトリー, ガートルード ……… 29
- アトリー, ジェイムズ（夫） ……… 28, 29, 30, 31, 33, 35, 39, 47, 51
- アトリー, ジョージ・ハリー（ジェイムズの父） ……… 29
- アトリー, ジョン（息子） ……… 30, 33, 35, 39, 47, 51, 52, 54, 56, 57
- アトリー, ヘレン（旧姓ペイン, ジョンの妻） ……… 51
- 『アラビアン・ナイト』 ……… 103
- 『アリソン・アトリーの世界』 ……… 4, 16
- アレグザンダー教授（サミュエル・アレグザンダー） ……… 32, 33, 59
- アレン校長 ……… 17, 18, 19
- アンデルセン ……… 44, 87
- 「鋳かけ屋の宝もの」 ……… 43
- 『田舎の宝庫』 ……… 49, 50
- 『田舎の物事』 ……… 17
- ウィグルズワース, キャサリン ……… 47, 52, 56
- エリオット, ジョージ ……… 6
- 『丘の上の農場』 ……… 4, 22, 23, 47, 50
- 『幼い日々の待ち伏せ』 ……… 9, 10, 12, 14, 17, 20, 21, 44, 49, 50, 79

● か ●

- 「カウスリップの乙女」 ……… 84
- 「風に愛された娘」 ……… 85
- 『カッコウ, チェリー・ツリー』 ……… 77, 83, 84
- 『カラシとコショウと塩』 ……… 42, 43, 73, 76, 78, 79, 83
- 「木こりの娘」 ……… 86
- 「キッシング・バンチ」 ……… 78
- 『くつなおしの店』 ……… 78, 85, 87
- グランドファーザー・クロック ……… 11
- グランドファーザー・クロックとカッコウ時計 ……… 11, 76
- 『グリーン・ノウの子どもたち』 ……… 65
- 『クリスマスのお話』 ……… 62, 76
- 『グリム童話集』 ……… 37, 87, 100
- グレアム, エリナー ……… 48, 62
- グレアム, ケネス ……… 35, 37
- 「グレイ・ラビット」 ……… 4, 31, 36, 37, 38, 41, 42, 43, 44, 47, 48, 52, 56, 59, 74, 102
- 『グレイ・ラビット, 北極へ行く』 ……… 56
- 『月光と魔法』 ……… 42, 43, 73, 76, 79, 81, 87
- 『月光の物語集』 ……… 48, 73
- ケルヴィン卿 ……… 28
- ケンブリッジ ……… 26, 27, 31, 33
- 「氷の花たば」 ……… 82, 99
- 「こぎつねルーファス」 ……… 4, 47
- 『こぎつねルーファスと魔法の月』 ……… 52
- 『こぎつねルーファスとわるいおじさん』 ……… 52
- 「子どもと妖精」 ……… 83
- 「子ネズミきょうだい」 ……… 4, 51, 52
- コリンズ社 ……… 42, 43, 45, 56, 59

● さ ●

- 「最初の音楽」 ……… 81, 82
- 「サム・ピッグ」 ……… 4, 12, 46, 48, 62, 73, 76
- 『サム・ピッグ, 困ったことになる』 ……… 75
- 『サム・ピッグとカッコウ時計』 ……… 75
- 『サム・ピッグとヴァイオリン』 ……… 74
- 「サム・ピッグとサリー」 ……… 81
- 「サム・ピッグと手回しオルガン弾き」 ……… 81
- 『サム・ピッグの冒険』 ……… 48, 75
- 『サム・ピッグの物語集』 ……… 59
- ジャッド, デニス ……… 4, 39
- 「十時の登校生」 ……… 17, 20
- 『ジュニア・ブックシェルフ』 ……… 48, 49
- 「ジョン・バーリコーン」 ……… 43, 51, 77, 81, 82, 83, 86
- 「スキレル, スケートに行く」 ……… 42
- 『スキレルとヘアとグレイ・ラビット』 ……… 35, 38
- スティーヴンソン, ロバート・ルイス ……… 21
- 『スパイス売りの籠』 ……… 43, 48, 73
- 「すべてが終わったとき」 ……… 50
- セインツベリー, エリザベス ……… 4, 16

● た ●

- 『タイムズ・エデュケイショナル・サプリメント』 ……… 48
- 『宝島』 ……… 21
- タニクリフ, C.F. ……… 33, 49, 50
- 『楽しい川辺』 ……… 35, 37
- 「小さなヴァイオリン弾き」 ……… 81
- 「小さな樅の木」 ……… 76
- ディケンズ ……… 6, 87
- 「ティム・ラビット」 ……… 4, 42, 43, 44, 46, 48, 73, 74, 75
- 「ティム・ラビット, 王子になる」 ……… 44
- 「ティム・ラビットとイタチ」 ……… 93
- 「ティム・ラビットの十のお話」 ……… 44
- 「ティム・ラビットの冒険」 ……… 80
- 「ティム・ラビットの窓」 ……… 91

索 引

「ティム・ラビットの悪い日」……………91
テイラー, ウィリアム・ヘンリー（ハリー、弟）
　………………………5, 12, 21, 50, 55
テイラー, ハンナ（母）……5, 6, 16, 39, 40, 54
テイラー, ヘンリー（父）……5, 17, 18, 20, 39,
　　　　　　　　　　　　　50, 54, 63, 87
デュ・ソートイ, ピーター…………54, 57, 59
デ・ラ・メア, ウォルター……………54, 59
テンペスト, マーガレット…………37, 38, 56
ドーデ, アルフォンス………………………31
「東方の三博士」……………………………77
『時の旅人』……………4, 27, 45, 53, 59, 62,
　　　　　　　　63, 64, 66, 68, 72, 110
『特別なウサギの冒険』……………7, 43, 44
『どのようにしてグレイ・ラビットは
　しっぽをとりもどしたか』………………39
『トムは真夜中の庭で』………………66, 67
トロロプ, アンソニー………………………40

● な ●

ナイチンゲール, フローレンス……………17
「謎々」………………………………………80
『なんでも屋の小さなナイフ』……………87
ニコラエヴァ, マリア………………………71
「西風のくれた鍵」……………………42, 79
『農場にくらして』……4, 6, 9, 10, 12, 16, 19, 20,
　　　　　　　21, 22, 31, 33, 35, 41, 42, 44,
　　　　　　　47, 48, 50, 59, 78, 79, 99, 102
『農場のジョン』……………………………30
『農夫の時計』………………………………87
「野の白鳥」…………………………………87

● は ●

ハイネマン社…………………35, 38, 41, 52
『ハイ・メドウズ』…………………29, 45, 50
ハガード, ライダー…………………………21
『バッキンガムシャー』……………………52
「火」…………………………………………87
ピアス, フィリパ……………………………66
『ピーター・ラビットのおはなし』………36
BBC……………………………………42, 55
「ヒイラギの実」……………………………77
「ひとりぼっちの乙女」………………83, 84
「秘密の場所」…………………………21, 56
ファージョン, エリナー……………………54
フィッシャー, マージャリー………………73
『フェアリー・テイルズ』…………………56
フェイバー社……41, 42, 43, 45, 48, 54, 57, 59
フェルメール………………………………46

ブライトン, イーニッド……………………47
プリーストリー, J. B.………………………46
ブリューゲル, アンブローズ………………53
ブリューゲル, ヤン…………………………53
「ブロックの時計」…………………………75
『ヘアと虹』…………………………………37
「ヘンゼルとグレーテル」…………………37
ホガース, アン………………………………
『ポケットのなかの魔法』………59, 62, 73, 87
ボストン, ルーシー…………………………65
ポター, ビアトリクス……………36, 58, 102
「ボタン箱」…………………………………26
「ホレのおばさん」………………………100

● ま ●

マーア, リリー（LM）……………35, 55, 59
マクドナルド家…………………28, 29, 33
マクドナルド, マーガレット……………28
マクドナルド, ラムゼイ…………………28
マンスフィールド, キャサリン………31, 32
マンチェスター大学……23, 24, 29, 32, 53, 55, 57
「メリー・ゴー・ラウンド」………………43
メルディス, ルーシー………………………73

● や ●

『野生の蜜』…………………………………26
『夢の材料』……………………46, 53, 63, 67
「妖精の花嫁ポリー」…………………83, 84
『養老院長』…………………………………40
『夜語り』……………………………………42
『四匹の子ブタとアナグマのブロック』…46, 74
『四匹の子ブタの六つのお話』……………47

● ら ●

ラインズ, キャスリーン…………56, 62, 73, 76
ラザフォード, アーネスト…………………24
『ラベンダーのくつ』………………………87
リー・ボード・スクール………………16, 17
「りすのナトキンのおはなし」…………102
ルウェリン, グラディス（GL）……25, 55, 59
レイディーズ・トレーニング・カレッジ…26
レイディ・マナーズ・スクール………22, 23
『6月のカッコウ』…………………………102

● わ ●

『我らが共通の友』…………………………87

■ あとがき ■

　谷本誠剛先生から評伝叢書の『アトリー』を担当しないかとお話があったとき、ずいぶん迷った。それまでアトリーとはほとんど関わりがなかったからである。
　向こう見ずにお引き受けしたが、まずジャッドの伝記につけられたリストを見て、作品の量に驚かされた。絶版のものが多く入手は無理かと思ったが、インターネットなどで古本を買い集め、また勤務先の附属図書館のお世話になって、イギリスを含む各地の図書館からいろいろな本を借りることができた。そして読むほどに、アトリーの描く田園生活と独特のフェアリー・テイルの世界に引き込まれていった。
　2003年の春にクロムフォードを訪れたが、タニクリフの挿絵そのままの小さな駅を見て感激した。また、水路に平行した草地沿いの小道を歩きながらふと見上げた丘の中腹に、林に囲まれた農家があったが、考えていたより位置が低く、これがキャッスル・トップだという確信が持てなかった。しかし翌朝、丘を登って行き、当時2本の杖をつきながらもお元気だったクレイ夫人の許可を得て、農場を見せていただくことができた。今はホテルになっているアークライトの邸宅、ウィラーズリー・キャッスルに泊まれたのもこの旅の収穫だった。
　「その生涯」を書くにあたっては、ジャッドの伝記に加えて、アトリーのたくさんのエッセイが役に立ったが、それぞれ書かれていることが少しずつ違っていて、判断に困ることが多かった。例えば、彼女が通った村の学校の生徒数やクラスの数もまちまちである。早く書かれたものの方が記憶の間違いが少ないかと考えたのだが、アトリーの創作的意図が働いていないとはいえないので、かなりの不安が残っている。また、書き足りないところも多いと思うが、ご批判を仰ぎたい。

■ 著者紹介 ■　佐久間 良子　（さくま よしこ）

東京教育大学文学研究科修士課程修了（英文学専攻）。
現在、東京学芸大学教授。
共著書に『現代の批評理論』（研究社）、『ミルトンとその光芒』（金星堂）、『イギリス・アメリカ児童文学ガイド』（荒地出版）、翻訳に『情熱的な巡礼者たち──アラビアの砂漠をめざした英国人旅行者』（国文社）など。

■ 現代英米児童文学評伝叢書6 ■

アリソン・アトリー

2007年4月25日　初版発行

● 著　者 ●
佐久間 良子

● 編　者 ●
谷本誠剛・原　昌・三宅興子・吉田新一

● 発行人 ●
前田哲次

● 発行所 ●
ＫＴＣ中央出版
〒107-0062
東京都港区南青山6-1-6-201
TEL03-3406-4565

● 印刷 ●
凸版印刷株式会社

©Sakuma Yoshiko
Printed in Japan　ISBN978-4-87758-268-5
乱丁、落丁本はお取り替えいたします。

刊行のことば

　日本イギリス児童文学会創設30周年にあたり、その記念事業の一つとして同学会編「現代英米児童文学評伝叢書」12巻を刊行することになりました。周知の通り英米児童文学はこれまで世界の児童文学の先導役を務めてきました。20世紀から現在まで活躍した作家たちのなかから、カナダを含め12人を精選し、ここにその＜人と生涯＞を明らかにし、作品小論を加え、原文の香りにも触れうるようにしました。
　これまでにこの種の類書はなく、はじめての英米児童文学の主要作家の評伝であり、児童文学を愛好するものにとって児童文学への関心がいっそう深まるよう、また研究を進めるものにとって基礎文献となるように編集されています。

日本イギリス児童文学会
　編集委員／谷本誠剛　　原　昌　　三宅興子　　吉田新一

◆現代英米児童文学評伝叢書◆

1	ローラ・インガルス・ワイルダー	磯部孝子
2	L.M. モンゴメリ	桂　宥子
3	エリナー・ファージョン	白井澄子
4	A.A. ミルン	谷本誠剛　笹田裕子
5	アーサー・ランサム	松下宏子
6	アリソン・アトリー	佐久間良子
7	J.R.R. トールキン	水井雅子
8	P.L. トラヴァース	森　恵子
9	ロアルド・ダール	富田泰子
10	フィリッパ・ピアス	ピアス研究会
11	ロバート・ウェストール	三宅興子
12	E.L. カニグズバーグ	横田順子